Ö i dimma

Ö i dimma

Om Utö, pesten
och coronan

av

Jon Kahn

Av samma författare:

En osannolik kärlekshistoria (på engelska **It's All Coming Back –** On love after the War)

Simons längtan

Framsidesmålning av författaren
Baksidan: Utdrag ur karta över Sotholms och Svartlösa härader cirka 1690, Lantmäteriet

Förlag: BoD – Books on Demand, Stockholm, Sverige
Tryck: BoD – Books on Demand, Norderstedt, Tyskland
ISBN: 978-91-8007-438-4
April 2021

Innan berättelsen börjar...

När detta skrivs är vi uppfyllda av frågan om coronans härjningar. En sjukdom präglar vår tid på ett sätt som vi inte upplevt på mycket länge. För den som söker sig tillbaka i tiden för att få en jämförelse och kanske få ledning i en svår tid finns många tidigare exempel på stora epidemier och pandemier. Det sista stora pestutbrottet i Sverige skedde 1710 mitt under Karl den tolftes krig mot Ryssland. Kriget och pesten hängde ihop och drabbade mycket hårt, inte minst i Stockholm. Bygder som Utö och Dalarö slogs sönder av farsotens härjningar, i samma skärgård som vi idag upplever som den mest rofyllda plats man kan tänka sig. En så stor del av befolkningen dog att sedvänjor, kontakter, minnen och mänskliga erfarenheter förstördes i grunden. Inte bara enskilda dog utan på sätt och vis en hel kultur. Pesten var inte heller den enda genomgripande katastrofen i början av 1700-talet. Jag har försökt beskriva det som hände med dagens situation som perspektiv.

Skärgården är en speciell miljö. Det var den redan då. Vissa förutsättningar kan inte förstöras. De krav man upplever där är andra än på fastlandet. Människan har alltid sökt kusten. Även de mer fasta delarna av skärgården väcker människors längtan. Det skimrande havet med dess vågor och dess okända djup fascinerar. Havet är hotande och osäkert men ger också mat på bordet. En gång var vattnet viktigare än landsvägarna för att få kontakt med andra. Det handlade om handelspartners och om såväl fränder som fiender. Man seglade eller rodde till en annan strand, alltid finns det en annan strand.

Ibland kan man ana en nostalgisk eller romantisk föreställning om den gamla skärgården i linje med tanken att det var bättre förr. Utö var ett paradis heter det i en boktitel. Tänk om det vore så enkelt. Utö är en ö med en delvis mörk historia.

Jag har tillbringat många somrar på Utö. Lugnet inträder strax efter Årsta brygga. När man kämpat sig upp för Prästbacken och förbi värdshuset, gruvorna och fängelset och har den gamla vägen mot Slottet, Trema och Rävstavik framför sig kommer ett ännu större lugn. Det är sinnebilden för landet med stora träd, knappt hävdade ängar och små röda stugor. Allra störst är lugnet när man kommer ut i skogen eller är längst ut på klipporna och ser mot havet. Då upphör tiden och ensamheten och de urbana behoven. Då kan man bara finnas. Ett slags paradis. Tidlöshet. Så har det antagligen alltid varit inbillar jag mig när jag står där. Ändå vet jag att det inte alltid varit så.

Det är först på senare år jag har förstått att mina anfäder haft anknytning till ön för flera hundra år sedan, då när Utö var hårt drabbat. En av dem var Jonas Grimsten som var prost i Österhaninge. Inom hans pastorat låg Utö. Så här skrev han om pesten till biskopen i Strängnäs i slutet av år 1710.

«Huru den Högste Gud hafwer behagat på denna orten rensa sin kål, så kan ingen snart pennan fatta… Hela hösten i år och nu här i uppe i Socknen falla alla i många Hushåld, Gud förlåte oss syndare och ware oss alla nådig.»

Jämförelsen mellan pestdöda och kålrensning kan tyckas märklig för oss. Men sådan var Jonas Grimstens gudsbild. I ett annat brev till biskopen i februari 1711 skriver han att vid pass fyrahundra personer avlidit på öarna Utö, Ornö och Nämdö. «Jag vet ej namnet på alla, hvilket jag dock, så fort det blir öppet vatten och jag kan begifva mig till öarna, skall taga reda på samt införa i kyrkoböckerna.»

Där börjar den här berättelsen. Jonas Grimsten är en helt igenom historisk person liksom gestalterna kring honom. Hans gravsten, nyligen lagad, kan beskådas på Österhaninge kyrkogård. Den nutida ukrainskryska historiedoktoranden Juliya, som är denna berättelses andra huvudperson, är helt och hållet påhittad. Jonas är sann och Juliya är fiktion. Ändå kommer deras vägar att mötas.

Vattnets oupphörliga hävningar
måttandet
när båten sätts mot hällen

att finna en plats för foten
och tampen
utan att störa

tärnorna skriar av rädsla för sina små
går till attack
lugnet på andra sidan

att stiga ned i det svala vattnet
ensam
tången omsluter mig

att inte se botten
vad som finns,
och skulle kunna finnas

uppe på ytan igen
nu är allt stilla
nästan glömt

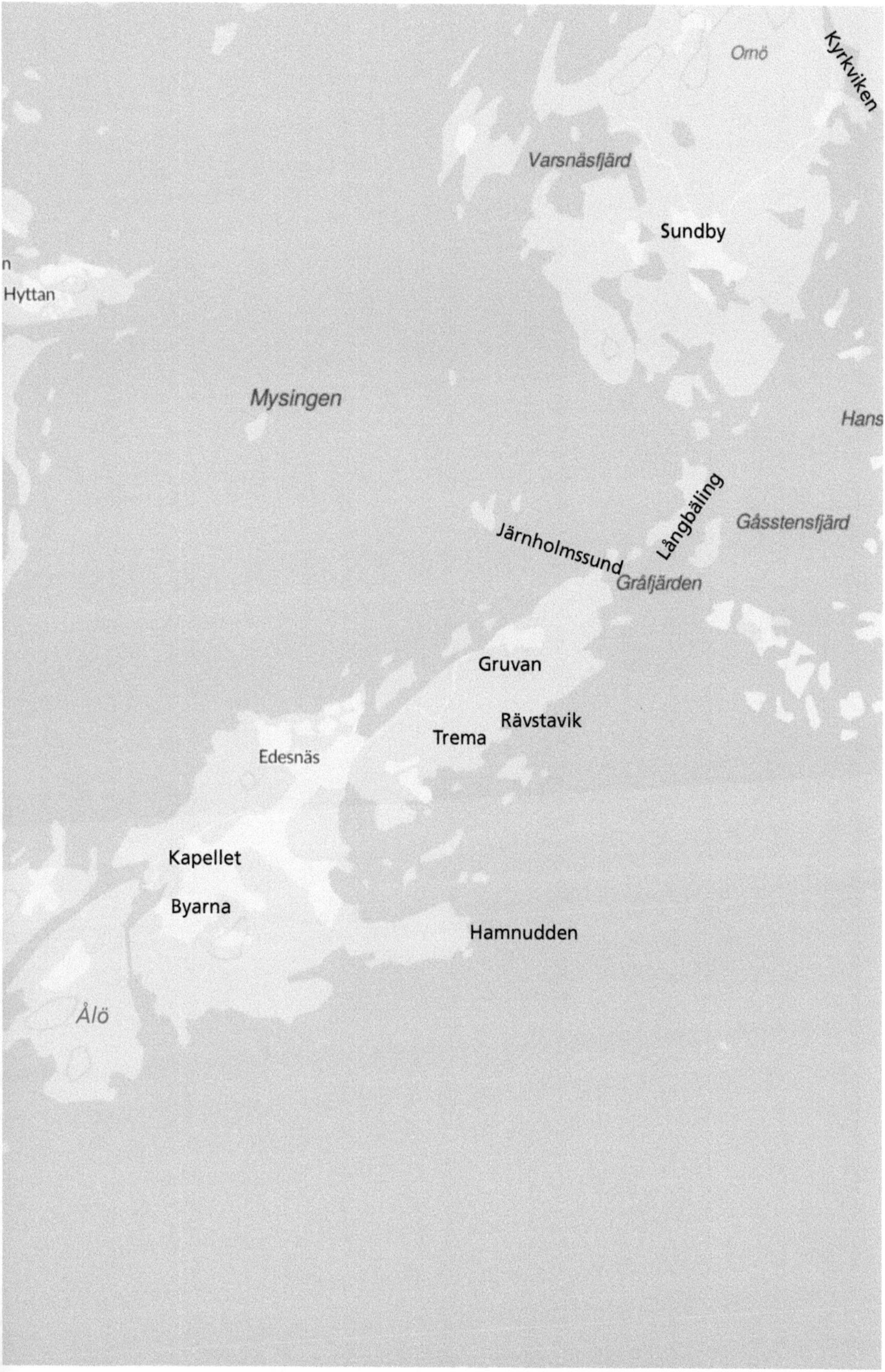

Örnö
Kyrkviken
Varsnäsfjärd
Sundby
n
Hyttan
Mysingen
Hans
Långbäling
Gåsstensfjärd
Järnholmssund
Gråfjärden
Gruvan
Rävstavik
Trema
Edesnäs
Kapellet
Byarna
Hamnudden
Ålö

Jonas tredjedag påsk

Den runde prosten håller på att falla i när han ska stiga i båten. Sätter i ett ben och ser samtidigt ut över den dimmiga Mysingsfjärden. Orolig över överfärden. Tänker inte på att båten rör sig. Båtsmannen har fullt upp att hålla bort båten från vinden och kan inte räcka honom handen och prosten drattar i båten med en duns. Han blir aldrig bra på sånt där och nu, med hans minskade rörlighet, har det blivit värre. Han rider hyfsat men behöver allt oftare hjälp för att komma i och ur sadeln. Åren tar ut sin rätt. Han är inte riktigt sig själv längre. Det är bara att erkänna. Kroppen svarar inte som den gjort förr. Han kunde ha hamnat i det iskalla vattnet. Han ryser när han tänker på det.

Nu känner han en isande bris, han kommer att bli kall idag, att det skulle vara så ruggigt vid havet. På vintern går han bara ut när han måste. Idag är det helt nödvändigt fast vinden är narande kall. Han tål inte lika mycket kyla längre. Allt detta med pest och eviga krig har också slitit på honom. Sista året har varit obeskrivligt. Begravning efter begravning. Förut hade han drömmar. Bli biskop eller åtminstone domprost i en domkyrkoförsamling. Bli någon. Ändå är han nöjd med att han som bondson blivit kyrkoherde och prost. Nu har åren gått och han har växt ihop med Österhaninge församling. Han kan vara heligt förbannad på makthavarna i kyrkan och i landet men han vill inte vara i deras kläder. Han drömmer inte mer om nåt annat. Hans tankar handlar mer om livets goda, om naturen, god mat, vin och om samtal med kollegor. Han vill få tid med mera sådant och med sin numer stora familj innan klockan ringer för honom.

När är det slut för honom? Han har blivit långsam och tveksam. Nå, inga stukningar, inget brutet. Lite ont i vaden bara. Döden har kommit så nära. Han är inte rädd för slutet för egen del. Han är trygg i sin tro. Men han har sett så många som stått mitt i livet och som så hastigt och under stora lidanden tagits av döden.

Morgondimman har inte lättat. I vanliga fall kan man se från Gålö till Utö, ja ända ned till Danziger Gatt. Nu ligger det ett töcken över Mysingen och man kan bara skymta landet på andra sidan. Tätare molnbankar vid Muskö och Mysingsholm men också vid Utö.

Överfärden går ändå bra. Den lille senige båtsmannen Brun på Gålö lotsar honom i sin segelöka genom detta dis, från Oxnö på Gålös sydspets tvärs över den gropiga Mysingen. Först på kryss över mot Ornölandet för att hitta lä och sedan rakt söderut i de nordostliga vindarna. Blåsten gör att misten lättar lite. Det går undan och prosten får hålla hårt i hatten och vika undan för bommen när Brun slår för att komma rätt i vinden. Båtsmannen skulle säkert ha en hel del att berätta om krigen till sjöss, men han är en trumpen och råbarkad man, helt koncentrerad på seglingen och säger knappt ett ord.

Prosten har varit hos en änka på Gålö i ottan för att ge henne stöd inför makens begravning. Sådant gör han i sin egen församling. Det är inte lätt att vara själavårdare i dessa dagar och säga att människorna ska lita på den himmelska försynen. Nästan varje dag har han ställts inför detta när pestoffer efter pestoffer har begravits. Så många har fått uppleva att barn eller livskamrater ryckts bort, ofta med bara ett par dagars varsel. All den plåga, både i kropp och ande som drabbat så fort och så hårt. Det har varit hemskt att se. Det är klart människorna tvivlar på Gud. Han har själv tvivlat ibland.

Som prost ska han både skapa förtröstan, ledsaga människor och förkunna herrens ord. Det är inte lätt att vara den starka, trygga hamnen när man själv vill gråta eller spy. Dessutom ska prästerskapet samtidigt vara den förlängda arm som de styrande i riket behöver ute i bygderna. Många bestämmelser och texter att förhålla sig till och kryssa mellan. Särskilt svårt är det idag när rikets styrning är både oklar och oförutsägbar.

Nu ska han till Utö. Han ångrar att han inte åkt tidigare. Han kan inte försvara det. Till biskopen har han skyllt på isläget. Visst har det varit en svår issituation men det borde ha gått om han ansträngt sig. Han bör besöka alla delar av pastoratet med jämna mellanrum och tämligen ofta. Det har han hållit hårt på. Förutom Österhaninge ingår Ornö, Nämdö och Utö. Kunde han ha hjälpt till på öarna då när sjukdomen härjade som värst? Stöttat, tröstat, gett råd. Bättre sent än aldrig: han försöker släta över för sig själv. Nej. Jag skulle ha åkt ut redan i juletid, tänker han.

Han är full av kval. Sanningen är att han inte har vågat sig ut sedan han var där på begravning i september. Inte tordats på grund av sjukdomen. De små skärgårdsförsamlingarna har det inte alltid så lätt att klara sig själva både med ekonomi och med att föra bok över vad som försiggår, det är inte överallt som barnafödslar och begravningar antecknas. De drivs som kapellförsamlingar, vilket innebär att han ska ägna dem särskild omsorg. Det har han gjort över åren. Det är alltid en glädje att komma till de små gudfruktiga församlingarna där han hälsas som gäst.

Ornö och Utö, två av hela skärgårdens allra största öar, har en och samma kapellpräst. Ett tungt värv. Den stackarn behöver all hjälp och stöd i sitt flängande mellan öarna. Den hjälpen kan bara han som prost ge, det åligger honom som pastoratets primus. Ändå har han inte varit på öarna på mer än ett halvår och har bara fått höra om eländet där ute och det oroar honom så att han knappt kan sova. Hans medpräst, komministern i Österhaninge har varit ute några gånger, bland annat i julas, och kommit hem uppriven. Berättat hur pesten tagit betydligt fler än varannan. Jonas har skrivit till biskopen i Strängnäs stift om eländet. Ett långt brev där han tagit upp bestämmelsen att de som dött ska förvaras på gården eller sättas i jorden utan sedvanlig jordfästning till dess det blir stark vinter. Alla lik hade emellertid blivit jordfästa på sedvanligt sätt, fast i djupare jord än vanligt, i hela pastoratet. Hur ska man göra då?

Biskopen hade skrivit att jordfästning och likpredikan måste hållas skilda och på olika platser. Bispen verkar veta för lite om hur det verkligen är. Prosten är irriterad på en biskop som verkar tro att allt går att göra likadant i hela stiftet. När han läste biskopens brev skrynklade han ihop det och skulle slänga det i elden innan han besinnade sig. Han blir mycket irriterad över överhetspersoner som inte förstår hur de har det ute i bygderna. Han vet att hans irritation över sådant blir värre ju äldre han blir. Han brusar upp och skäller på allt och alla. Det där tär på hans omgivning och det tär på honom. Han vet att han måste lugna sig, men det är inte lätt.

Han har pratat med komministern om att de skulle åka ut tillsammans denna gång, de har planlagt en sådan resa sedan strax efter julen. Nu när isen släppt skulle de åka. Då blev det så mycket att göra i kyrkan efter påsken att de inte kunde åka båda. Så han har åkt helt ensam. Det är han inte van vid. Men han ska klara det även om han är lite tafatt utan drängen, kusken eller komministern eller andra hjälpare. För att inte tala om hustru Maja. Prästdotter och skön vän. Han minns när de möttes en vårdag i Strängnäs. Nu hjälps de åt på ålderns höst.

När han sitter där bredbent på toften med fötterna stadigt tryckta mot durken känner han plötsligt också en befrielse av att vara allena. Ingen annan att beskydda och bry sig om. Brun är tyst och Jonas slipper det han är van vid att andra pratar på och stör honom i hans tankar. Han andas djupt av den friska, starka, fuktiga skärgårdsluften, ser på några alfåglar med sin spetsiga stjärtar som tagit skydd och ligger och guppar bakom båten.

Sikten närmast båten är bra men dimman gör att man inte ser många alnar bort.

Annars är han alltid omgiven av människor. Han måste ta de svåra besluten, det går inte att bara följa föreskrifter antingen de kommer från biskopen i Strängnäs eller från rikets styrelse i Stockholm eller ärkebiskopen i Uppsala. Han är ju en erfaren och gammal man och ändå känner han sig ofta övergiven. Maja stöder honom och hon har ju det kyrkliga i blodet, fast det är ändå inte som förr. Närheten i den äktenskapliga sängen har minskat. Ofta drömmer han mardrömmar. Det är härligt att som nu få vara i Guds natur, det skingrar tankarna. Ensamheten får han ändå leva med till döddagar antagligen. Och döden kan komma snart och snabbt. Han vet inte om han är beredd.

Nu seglar de förbi Järnholmssund. Det friskar i ifrån havet. Där ute skymtar det riktiga havet och där har det lättat mera. Han drar kappan om kroppen. Längs den norra delen av Utö ligger tätare dimbankar, Brun manövrerar ändå skickligt förbi grund som ingen kan se men han vill knappt lägga till vid hamnen på Utö av rädsla för pesten och Jonas Grimsten får skynda sig av i en hast, han är klädd med en slängkappa över dubbla tröjor som Maja har stickat, handskar på händerna och skinnstövlar med sockor i på fötterna. Hosorna är de tjocka han har haft om vintern, fast det nu är varmare ute. Han har en liten kappsäck i handen. Det är fortfarande kallare så här års ute på öarna än på fastlandet, så utsatta som de är för väder och vind. Han har också ett krucifix innanför kläderna, i en kedja om halsen. Han hoppas att det på något sätt ska ge honom skydd. Det och hans obändiga gudstro. Ett par dagar ska han väl vara här ute. Måste vara hemma i god tid före predikan till helgen. Dessutom har han en begravning och några inplanerade besök i slutet av veckan.

Han är spänd inför besöket. Han har ett särskilt hjärta för Utö, för att det är så fint här ute, men inte minst känner han för de fattiga torparna och fiskarna på den södra delen av ön. De är människor som strävar på trots att de ofta har naturens makter emot sig. Ofta ska de föda många barn på ett mycket knappt och stenigt stycke mark mellan klipporna. Ett hårt prövat folk men också med en livsgnista som få. Så har det varit. Han bävar för hur det kan vara nu.

Flera gånger över åren har han varit här och hållit gudstjänst. De har varit svältfödda på Guds ord här ute. Kaplanen på Ornö har möjlighet att åka till Utö varannan eller var tredje söndag och ibland har någon från Österhaninge kommit ut, men det har blivit många söndagar då den lilla församlingen fått klara sig själv. Det är förstås inte tillfredsställande, han vet det och han vet att de vill ha sin egen präst. Mats Jönsson, den omtänksamme kyrkvärden är därför en viktig person här på ön. Jonas tänker på Mats med värme. Sist han var här, i början av september, begravde han två av Mats barn, det var plågsamt. Alltid brukade Mats möta honom vid kapellet, tala om vad som har hänt sen sist i församlingen, se till att allt finns på rätt plats, bjuda på mat och husrum. Det är han som får hålla kapellet öppet och Guds ord levande de sön- och helgdagar det inte kommer någon präst. Det är nog inte så lätt alla gånger. Fältskären vid gruvan får också vara lite själasörjare ibland. Det är han som får åtgärda skador på människorna. Är det så att även själen fått sig en törn får han ta det i samma svep. Det är sådant som vi präster ska göra om vi bara hade varit tillräckligt många för att klara det.

Det ligger ingen malm för lastning i hamnen som det brukar göra. En gul karantänsflagg som fladdrar i vinden skymtar i misten. Annars är det helt öde här nere. Vi prövas alla i vår gudsförtröstan i dessa dagar. Han vet hur hela landet lider och att det är problem överallt. Med kungen i Bender i Turkiet, hundratals mil bort, tar det långlig tid för kungliga beslut att fattas och nå tillbaka till Sverige. Pesten har slagit hårt mot huvudstaden och de som brukar bestämma har flytt ut till Arboga, där de bedriver någon slags regering. Andra har begett sig till sina gods i andra delar av landet. En tredjedel av stadens befolkning har dött, sägs det. Han darrar när han tänker på det.

Han har själv begravt så många pestdrabbade i Österhaninge. Det har ofta varit flera per vecka. I ett brev till biskopen har han skrivit att omkring trehundra avlidit bara i hans församling. Han har sett pesten på nära håll, människor som plötsligt fått bölder, frossa och uppkastningar, och sådana som från ena dagen till den andra förlorat sina själsförmågor och inte längre varit tillräkneliga. De anhöriga som överlevt en familjemedlems sjukdom och död har kommit fram till honom och de har velat ha svar hur detta kan ske och vad som är Guds mening.

Pesten är kanske den värsta fienden men dessutom har många dött i krigen, kungens krig. Till yttermera visso passar ärkefienden Ryssland och även Danmark och Polen på att angripa det svenska rikets bortersta delar. Det är ett svårt läge. Han tar sig om huvudet när han tänker på eländet. Det är som om det ilar i hela honom. Vinden är dessutom rå vid hamnen. Det är inte lätt att vara prästperson i dessa dagar. Vem ska rädda oss, säger folk. Han försöker ge tröst och uppmana till gudstro men har inte mycket att komma med. Det är sanningen.

Nu verkar i alla fall pesten ebba ut. Kanske är det snart slut för den här gången. Så elakt det är när folk bara dör på fläcken eller efter ett par dar med stora bölder i ljumskar och armveck eller på halsen. Bölder som gör så ont att de som fått dem skriker värre än en galt vid slakten och gör allt för att själva öppna eller skära bort de röda och blå utbuktningarna i huden. Många blir oerhört oroliga, grips av en väldig melankoli. Några blir tokiga. Han har själv sett det. Han försöker lugna sina församlingsmedlemmar med goda ord och en lugn saklig röst. Han är glad att Gud givit honom den mörka basrösten som verkar kunna ge människor lugn. Han vill bara väl, fast en och annan nödlögn smiter med ibland.

Han börjar sin vandring upp mot gruvan. Pustar i den branta backen, det är märkligt med den sörmländska naturen att den kan vara så backig. Utö är mer kuperad än de flesta skärgårdsöar. Det är vackert och det är arbetsamt. Hans trinda mage ger honom problem med sådana här övningar. Han är van att rida och åka vagn, går till fots gör han knappast någon enda gång, inte ens mellan Solberga prästgård och kyrkan i Österhaninge och det här är värre fast det inte är så långt. Han får stanna ett par gånger för att andas djupt. Snyter sig. Hans näsa har blivit känsligare med åren. Retas av vädret, öm när man tar på den. Kanske har den blivit större också.

Vid sidan av vägen ligger mycket varpsten. Sådan som blivit över efter sovringen av malmen och sådan som lastfartygen haft som barlast på resan hit.

Han stretar vidare med huvudet lite bakåtböjt för att kunna se uppför backen. Hans hållning frestar ännu mer på ryggen och även på nacken. Nu andas han tungt. I stugorna i backen är det öde och uppe vid gruvsamhället är det folktomt och dött. Inte ens på söndagarna brukar det vara så här tomt. Utanför bruksgården träffar han på intendenten Wefverstedt. Mattias Wefverstedt som gjort att gruvorna fått ett uppsving genom att han bryr sig om och ser de enskilda arbetarna. Som tjatar om att Utö behöver egen präst.

«Pastor Grimsten, det är inte var dag. Vad föranleder ett så fint besök?» frågar intendenten och bugar artigt. «En inspektion i de fattiga utmarkerna?» frågar han så. Man kan höra en svag syrlighet i rösten.

«Ja, jag vet, borde kommit förut», säger prosten, men …» försöker han fortsätta.

«Nu behövs inga men», avbryter intendenten, «han är här» nu och det är vi glada för. Vi är inte så många längre, men glada likt förbannat. Vi skulle just äta. Får jag bjuda prosten på skaffning från ön, allt härifrån faktiskt.»

Utpumpad efter resan och backen sätter han sig ned redan på förstukvisten och ber att först få lite vatten och kanske luktsalt. Han är alldeles röd om kinderna.

Wefverstedt står vid hans sida. Snart har han hämtat andan och de kan gå in till det bord där frun i hast lagt till ett kuvert. Kokt torsk med smörsås är vad som serveras, enkelt och gott. Wefverstedts hustru Anna Catharina är den som serverar. Han vet att madam Wefverstedt är av fin släkt, det lär finnas både Natt och Dag och anglosaxiska legoknektar i anorna. Hon har den där otvungna charmen som adelns folk ofta har. Han som är av bondesläkt avundas dem det ibland. Hans far Simon i Nalavi var en enkel man som gärna tog i med de besvärligaste arbetena, han hade drängar och pigor men han var varsam med folket. Sådan har inte Jonas sett adeln vara. Älskvärda är de, men ofta låter de andra arbeta med allt. Anna Catharina är ingen vanlig adelsdam. Idag får hon sköta serveringen och hon verkar lika glad för det. Hon sjunger på vägen till köket och är förekommande, fyller ofta på hans tallrik och hans glas. Vill verkligen att gästen ska trivas.

«Så strålande att prosten kommit», säger hon. «Han vet att vi fått leva utan besök så länge. Hoppas att han kan stanna några dagar. Vi talar ofta om att vi behöver Guds ord, det var ett tag sedan någon kyrkoman var här ute. Kanske kan han hålla gudstjänst om söndag? Här uppe vid gruvan?»

«Sakta i backarna», säger hennes man. «Jo vi vore glada om herr Grimsten ville stanna något.»

Prosten hummar och torkar sig om munnen. «Jag vet inte jag. Jag har nog tänkt mig … «

«Det får bli som det blir. Vill han bli är han välkommen. Vi har det knapert men vi har så det räcker till prosten.»

«Vet inte. Vet inte ännu», mumlar han.

«Jag hoppas få igång gruvan snart igen», säger intendenten. «Hoppet hade nästan runnit ut ska han veta, vid jul var jag osäker, men sjukdomen har nu äntligen lugnat sig. Vi hoppas vid Gud att den inte ska ta fart igen. Det är inte lätt att få beställningar, ska prosten veta.»

«Men har inte kungen gett order från Turkiet att det ska göras vapen igen. Då behövs järnet.»

«Jo det är sant men vi kan inte sätta igång förrän vi har beställningar från Söderhamn på malm till att göra gevär av, eller från Vira för sablar. Inte heller Överum och Lövsta, Tykö i Finland, eller Lummelunda har hörts av och inget annat bruk heller för den delen, just nu är orderböckerna tomma. Det kommer inte igång.»

«Jag, vet», prosten försöker prata, men han har ätit fort, hungrig efter båtresan, så han får kippa efter andan mellan meningarna. «Först ska kungen underrättas om rikets problem, sedan ska han fatta beslut där i fjärran land, sedan ska beslutet förmedlas till Stockholm och sedan ska det förbannade rådet fatta beslut och så ska det verkställas. Riksstyrelsen har dessutom i hög grad flytt staden. Till sist har de som ska utföra besluten själva drabbats av pesten. Det tar minst ett halvår innan något händer. Vi lider av andras feghet och sjukdom.»

Han andas tungt igen, försöker få ned den sista biten salt torsk med mycket öl. Han ser hur Wefverstedt ser på honom som om han tycker att prosten tar för mycket mat. De har väl inte så mycket efter en lång vinter utan skaffning. Men intendenten säger inget sådant utan fortsätter.

«Prosten ska veta att det har dött så många både här i gruvan och på hela ön, överallt faktiskt. Ni märker, vi har varken piga eller dräng för att hjälpa oss i hushållet. Det är en liten spillra kvar. De behövs för underhåll, för att inte allt ska förfalla. Var ska man få tag i folk för att få igång det hela igen när alla är döda? Ska prosten ha en sup till?»

«Herrens vägar är outgrundliga», klarar han att säga. «Och gärna en sup till.»

Han knäpper händerna om magen och måste först böja sig framåt en lång stund, liksom dölja huvudet, han andas djupt och blir tårögd. Hur ska hans förmåga till medkänsla och tröst kunna hjälpa denna man, som gett så många arbete men nu fått se dem dö.

«Är det så illa?» spörjer han så. «Prövade ni med quarantine? Att skilja bort de smittade. Åtskillnad, isolering, avstängning av vägen till södra delen av ön, av hamnarna?»

«Herr Grimsten förstår, det går så fort när de drabbas», svarar intendenten kort. «Då hjälper inte intentioner och planer.»

«Och kyrkvärden eller kaplanen förde bok över de döda», frågar han i ett mellanting mellan konstaterande och fråga.

«Inte alla vad jag vet, det fanns inte tid», säger Wefverstedt kort.

Prosten borrar ned blicken ännu mer. Bedrövad. Denna förbannade sjukdom som tagit så många. Här hann de inte ens föra bok över de döda. Kan de döda då få någon frälsning? Det är helvetet som kommit på besök.

Nu darrar Wefverstedt på rösten. «Skål, pastor Grimsten.»

«Vi måste lita på Herren, vi får inte ge upp», säger prosten med svag röst samtidigt som han tömmer sitt glas lite långsammare än han brukar.

«Vi är straffade, men varför, jag kan då inte begripa det», svarar Wefverstedt.

Juliya tredjedag påsk

Är det för mammas skull hon står här? Eller är det för hennes egen? Mammas Utö, hon väntar på att få berätta för mamma hur det har förändrats sedan hon var här. Hon har insupit alla mammas historier och halvkvädna visor från för länge sedan. Eller är det för forskningens skull hon ska åka till ön eller för att hon själv vill det?

Hon ställer sig längst bort på bryggan, vid kanten där bryggan, vattnet och fast land möts. Hon står och balanserar på en pollare och ser på ett par sothönor som har en kärlekslek i vassen. Hon vickar lite hit och dit och ramlar av den lilla gula knapen, men har så god balans att hon inte ramlar i vattnet. För varje gång kan hon stå lite längre. Som ett barn beter hon sig. Här behöver hon inte bry sig om hur hon framstår, vem hon verkar vara. Annat är det i Moskva.

Hon har hamnat i bortre änden av bryggan för att hon försöker hålla sig på sin kant. Hon kom en buss före alla andra vilket var skönt eftersom det gick att hålla avstånd, glesare på bussen än det trånga pendeltåget. Hon har väntat länge nu, har gått runt på parkeringen och bland de små fritidshusen och försökt undvika den kalla vinden från havet. Trots att det är nära till öarna som avgränsar vattnet utanför färjeläget från de större fjärdarna där utanför hinner blåsten bli kall när den kommer genom de små gatten utifrån havet och blåser över den kalla vattenytan. Solen lyser i alla fall även om det nog var disigt tidigare om morgonen.

Grupper av människor har nu samlats på kajen. Hon försöker undvika att trängas med folk hon inte känner. De som kommit från bussen flåsar på, glada att få komma ut ur sina iden mitt under en hård isolering på grund av pandemin. Så kallar man viruset nu, det drabbar hela världen. Covid och pandemi. Kanske är det inte så allvarligt på Utö som i Stockholm eller Moskva. Nu ser hon båten dyka upp mellan de små öarna, på väg för att hämta alla förväntansfulla.

En gång för mer än tjugofem år sedan stod mamma också så här och väntade på båten. Hon och några andra unga öststatstjejer skulle arbeta en sommar på hotellet på Utö med att städa och diska. Hon gav sig ut i världen berusad av den nya öppenheten och friheten från det sovjetiska samhällets strama kontroll. Mamma har berättat om naturen och baden och nämnt svenska pojkar. Juliya ser framför sig tillfällen då mamma fått en särskild energi av att berätta det där och ändå har historien ofta avslutats tvärt när Juliya ställde följdfrågor om männen eller festerna.

Det verkar som om Utö betytt mycket för Juliyas ukrainska mamma. Juliya är nyfiken på den historien. Så många gånger har hon frågat ut mamman och ändå inte fått alla svar. Nu står hon här och ska få se ön med egna ögon. Juliya fyller år idag. Det blev lite firande igår och mamma har messat. Juliya skriver ett kort svar «Tack för gratulationerna. Nu är jag på väg till Utö» med fyra utropstecken och ett rött hjärta och skickar med en bild på båten som nu kommer utifrån fjärden. Mamma svarar kort. «Var försiktig». Vad menar hon? Var inte mamma försiktig när hon var på Utö.

Juliya har någon gång räknat på sin egen födelse. Särskilt när föräldrarna gick isär, när hela familjen var i uppror. Är hennes ukrainska pappa verkligen hennes pappa? Om man räknar på det kan mamma ha blivit gravid på Utö, lika väl som lite senare. Hon vet inte om hon ska tro på historien att hon var tidigt född. Sju och en halv månad efter att mamma och pappa gifte sig. Det är inte utan att resan till ön gör att det pirrar lite extra. Var det här hon avlades? Hon ser ut över människorna på bryggan. Letar efter långa rödlätta karlar i sextioårsåldern. Sådana som kunde varit hennes pappa och bidragit till hennes utseende, som ju onekligen inte är så typiskt ukrainskt. Nej, ingen som passar. Hon avbryts av att det kommer sms igen. Det är pappa som gratulerar. Hennes pappa. Han är ju också lite rödhårig även om håret nu är tunt. Hon blir varm av att han kommer ihåg. Det är inte alltid.

Bilderna som hon har sett från Utö visar små röda stugor, ett backigt landskap, mjuka hällar mot havet. Som ett paradis eller i all fall svenskens bild av paradiset. Som om tiden stått still. Ändå ryms där så mycket historia. För att få klart sin doktorsavhandling, som bland annat ska handla om ryssarnas härjningar här i Stockholms skärgård 1719, behöver hon komma ut och se på platsen. Avhandlingen ska bli hennes inträde i den verkliga universitetsvärlden. «Lukten av Peter» är arbetsnamnet just nu. Tanken är att kartlägga vilka spår tsar Peter den Store lämnade i Europa. Han beundras i Ryssland. Han var lång, stod högt över nästan alla i bondelandet Ryssland som skulle urbaniseras, bli modernt. Och han var expansiv, förde krig med turkar och svenskar. Denna lillefar skapade inte bara Sankt Petersburg utan besegrade också alla sina fiender i väster och söder.

Hon har redan gjort mycket av arbetet. Kartlagt hela historien om den västeuropeiskt influerade tsaren under hela hans drygt fyrtioåriga regenttid. Hon har rest runt i Ryssland, Ukraina, Baltikum och Polen och börjar känna sig ganska trött på hela berättelsen. Hon hoppas och tror att Utö ska bli en bra avslutning av arbetet. Hon har tänkt mycket på varför bebyggelsen på Utö brändes av ryssar 1719. Var det på tsarens uppmaning eller var det hans generalers och amiralers verk. Varför lät Peter det i så fall ske? De ryska soldaterna hade order om att rekognoscera. Varför blev det då en total ödeläggelse? Lukten av Peter blev lukten av brand. Var det tänkt så?

Hon vet att hon valt fel årstid för sin utfärd, kallt, fuktigt och småruggigt är det, men hon har investerat mycket i den här resan och i sin framtida avhandling. Kanske kan hon också sälja den historia hon just håller på med. «Ung Moskvaforskare erövrar Sverige i amiral Apraxins fotspår.» Hon har redan rubriken i huvudet. För att sälja den måste hon fotografera mycket och skriva dagbok hela tiden. Det ska väl gå bra. Nej, hon måste vara mer bestämd. Det ska gå bra. Inget annat duger. Hon vill så gärna bli en framgångsrik forskare. Det är inte bara spänningen i historien som är viktig, förståelsen för hur allt blivit så här, utan det handlar också om hennes egen framtid. Hon vill lära ut historia, varför det blev som det blev och inte minst att gamla motsättningar inte ska förstoras upp, det finns alltför många skjutglada ledare idag som gärna framhåller ett ärorikt förflutet.

Hon känner ett driv i det hon gör. Hon ska ta ner Peter den store från piedestalen. I alla fall lite grann. Sen tänker hon sig ett liv som historieforskare eller kanske lärare. Helst i Ukraina. Där känner hon sig hemma allra bäst.

Det dunkar från maskinen där hon sitter långt bak i båten. Mycket folk är det, många har valt att strunta i råd och riktlinjer och ta en tur till skärgården. Kanske arbetsutflykter, trotsande vad Folkhälsomyndigheten säger. Även om det på vartannat säte markerats att man inte ska sitta där, har hon svårt att hela tiden hålla de av myndigheterna angivna metrarna till nästa person. En del kan inte sitta still utan ska gå förbi, ut och in på däck, fram och tillbaka till den lilla kioskserveringen. Det blir inte två meter, inte ens en armslängd. Det är dessutom kö till toaletten när alla ska tvätta händerna och kö till den lilla flaskan med handsprit som står utplacerad nära fören. Några hostar också.

Alla som är sjuka ska sitta still i sin bostad har det basunerats ut varje dag på dessa ständiga presskonferenser., Ja där hon kommer ifrån är det ännu hårdare tag. Som historiker vet hon att så har man sagt sedan digerdödens tid. Även om man inte visste mycket alls om smittspridning, förstod man att de döda och döende utgjorde hot för oss andra. Vissa kunskaper är eviga och ändå omöjliga att följa. Viruset sprids just nu som värst i Ryssland. Här har det tagit sin del av befolkningen och ingen vet riktigt vart det är på väg. Avståndshållande och måttlighet i sociala kontakter råder även om alla inte verkar ha fattat det. Men i Ryssland pekas det med hela handen och då gör folk så, även om de svär och klagar och hittar på dråpliga historier om makthavarna. I Ukraina försöker man ibland med samma metoder men där gör folk ändå som de vill. Här vädjar man till folk utan bindande regler. Det går något så när.

Hon borde förstås ha åkt hem när pandemin var ett faktum. Hon blev uppmanad att åka hem. Hem vart då? Till Moskva var inget bra förslag, som ukrainare hade hon knappt fått komma in idag och situationen är nog värre än i Sverige, man vet ju inte säkert men hon känner ryssarna och vet hur fakta förvrids. Hon vet också hur ryssar kan trängas. Nu i påsk trängs många i kyrkorna mellan ikonostasen och utgången och alla ska dit, kris eller inte. Kyssa korset och allt. Få oljesmörjelsen. Påsken är kanske senare där, hon vet inte exakt. Så religiös är hon. Men till påsken brukar även hon gå i kyrkan.

Om hon skulle begett sig till Ukraina vet hon inte vart hon skulle åka. Hon har ingen lägenhet där och hennes mor och far bor på olika håll och har det inte så fett. Dessutom finns det pojkar på båda håll som är efterhängsna och som hon inte vill möta igen. Så hon har hållit sig kvar i Sverige utan att alltför mycket tala om det för någon annan än institutionen där hon gästforskar och för korridorkamraterna.

Hennes land har haft krig nyligen. Ja, hennes egentliga hemland Ukraina är fortfarande i ett slags stillastående lågfrekvent krig med det land där hon bor just nu. Det skapar en annan medvetenhet hos befolkningen. Några av de gamla som finns kvar minns ännu det som kallas det stora fosterländska kriget, då hela Sovjet slog tillbaka nazisterna. Det finns också en och annan som till och med minns svälten på trettitalet. Alla dessa gemensamma minnen skapar en beredskap för nya eländen men kanske också en likgiltighet för problemen: det kan inte bli värre än det var då. Man låter det värsta förtränga det som är illa. För Juliya är den här pandemin illa nog. Och vad vet alla dessa som pratar om hur illa det var förr om hur illa det kommer att bli nu.

Hon är lite trött efter gårdagen. Då träffades ett par av de hon kände från historiska institutionen och några boende i hennes studentkorridor. Firade Juliyas födelsedag. De var kanske tio stycken. De hade suttit nära varandra, det går inte att göra på nåt annat sätt i en studentkorridor, en otillåten synd i dessa coronatider, hon hoppas att det inte blir några efterräkningar, men de hade väldigt roligt. Hon hade bjudit på Nemiroffvodka, den där sorten med en pepparfrukt i, och introducerat de andra i hur man skålar och håller tal i Ryssland. En annan historiestudent började då berätta om Nemiroff i sydvästra Ukraina där vodkan tillverkas och om den pogrom mot judar som ägde rum där 1648 och sen igen de första åren av 1700-talet. Bara en ensam rabbin ska ha klarat sig. Hon blev intresserad så klart, det är ändå rysk 1700-talshistoria som är hennes specialämne.

Ukraina har alltid varit en smältdegel av ryssar, judar, rutener, tyskar, romer, litauer, tatarer, en gång skandinaver, lillryssar av olika slag och så förstås de som idag kallar sig ukrainare. Kosacker har också funnits av och till liksom armenier och turkar och rumäner och förstås polacker. Hon är ett barn av denna mångfald. Landet har just på grund av sitt läge vid alla korsvägar fått utstå outhärdligt lidande, kosackernas och andras pogromer är bara ett av en serie övergrepp. Landet har varit i Litauens, Polens, Rysslands och Tysklands grepp. Men mångfalden skapar också förståelse och gemenskap över folkgrupper. Man kan festa i Ukraina med nästan vem som helst, det är inte ursprunget som avgör vilka som är märkvärdiga eller inte, så där som det ibland kan vara även i Stockholm och Moskva.

Hon minns alla festerna högt uppe i Moskvauniversitetet. Högt uppe i den tornlika skyskrapan från Stalins sista år med en utsikt över både Moskva och förorterna. Fester där hierarkierna är upplösta och alla har med sig något bidrag, stort eller litet; inläggningar av olika slag: gurkor, svamp, skockor, rödbetor, eller sylt eller kakor eller vodka eller kvass. Allt hemmagjort eller i alla fall hemifrån. Tillfällen då man kan säga sanningar, eller det som om kvällen känns viktigt att säga och om morgonen är likgiltigt. Sångerna som sjungs tillsammans eller som solon och som kommer från alla möjliga håll. Institutionen lyssnade med sina träklädda väggar och historiska kartor, skelett och gamla vapen och sköldar på väggarna.

Igår kväll var hon talman, tamada, och det blev en hel del drucket. Hon bestämde vem som skulle tala och alla fick vara med, även de yngsta och finnigaste. Röda kinder som blossade då och som blossat upp igen när hon stod på Årsta brygga i den kalla blåsten och väntade på båten. Ännu mer här i den varma och fuktiga båten.

Hon ser redan Utös silhuett över fjärden. Kvarnens vingar, de fanns säkert inte där 1719. Hon måste återskapa en hel värld. De trånga ryska båtarna, galärer som roddes långa sträckor och där soldaterna satt tätt packade, hur bebyggelsen såg ut och livet levdes i skärgården. Fanns det en annan kvarn då, fanns det tjärproduktion - det var väl en ledande svensk exportprodukt då - vad levde de av annat än gruvorna, vad trodde människorna på? Vad gjorde människorna när ryssarna kom? Gömde sig, flydde eller hoppade i sjön? Hon vill veta och förstå, det är det historia går ut på. Det är därför hon håller på.

Hon ser ut genom ett ganska immigt fönster. Vattnet stänker ibland i kaskader över fönstren. Sjön är gropig idag. Några få segelbåtar är redan ute och försöker väja för vårens alla kastbyar. Hela vintern har de sett fram mot denna första tur. Har slipat och gnidit och fejat. Coronan höll på att stoppa allt sådant. Men en segelbåt håller sig långt från nästa även om det är trångt i kabyssen.

Hon ser fram emot besöket, Utö verkar ha mycket ryssminnen där ute i havsbandet, helt annorlunda än den längre in liggande skärgården. En man som sitter mittemot henne vid bordet har problem med att öppna sin matsäck. Han har maten i påsar som är tätt nedstoppade och när han ska dra upp något följer annat med och det mesta ramlar ut huller om buller. Han har heller inte stängt termosar och påsar ordentligt. Han spiller över bordet och det är nära att kaffe rinner in i Juliyas dator. Hon rycker åt sig den snabbt, den klarar sig, men kaffet sprider sig över bordet. Hon känner varm vätska på sina byxor. Han ursäktar sig och försöker fråga henne om något. Så bra är ännu inte hennes svenska, hennes mammas ramsor har hon lärt, men när Juliya kom till Sverige förstod hon att den svenskan var tämligen oanvändbar för att prata här. Hon har gått en snabbkurs i svenska inför resan och läser hyfsat men hennes tal är obegripligt. Hon svarar på en bruten engelska. När han sneglat på datorn och förstått att hon skriver på ryska börjar han prata på det språket, lite bruten men fullt förståelig ryska. Han berättar att förr var utlänningar förbjudna på Utö, av rädsla för spioneri mot militära installationer, men så är det inte längre. Han frågar vem hon är, vad hon ska göra på Utö och tusen andra frågor. Hon har ingen lust att tala ryska så hon är lite avmätt. Bara ser på honom samtidigt som hon försöker få klart för sig om hennes kläder blivit smutsiga, hon har inte många ombyten med sig. Hon känner att hon fått några stänk i sitt långa kastanjebruna hår. Hon sätter upp det i nacken utan ett ord. Nu ser hon hans sorgsna ögon. Varför kan han ryska? Hennes blick söker över båten efter en annan plats att sitta, men då säger högtalaren att de är framme vid Gruvbryggan.

Jonas

Efter middagen har de lite tid över eftersom Jonas Grimsten inte ska vara vid kapellet förrän till kvällsvarden. De pratar om att olika ställen drabbats olika av pesten. Det gäller även på ön. I det stora och i det lilla. Då vill Wefverstedt absolut visa Trema, ett par gårdar i skogen som pastorn faktiskt aldrig varit vid. En mycket gammal boplats på ön, kanske den äldsta av alla, som nu är hotad. Han hänger med när den unge mannen drar iväg. Vill ta häst men Wefverstedt säger att det nu är för igenvuxet i den skog som ligger på vägen till Trema. Ingen har funnits som kunnat röja. De går förbi gruvhålen som ligger helt öde. Enormt långa stegar leder ned i de outgrundligt djupa, svarta hålen. Både vanliga stegar med två stöttor och sådana med pinnarna på ömse sidor om en stock. Stora hus för att sortera och sovra stenen ligger vid sidan av hålen. Andra byggnader med tak men utan väggar är virkesupplag där veden nu börjat mögla, den är mörk i träet med stora blånor. Det har börjat blåsa på nytt, en kraftig blåst när de går förbi de sista gruvarbetarbostäderna, det är hårt för de få kvinnorna som är ute och sköter landen, de kan knappt hålla räfsa och spade i styr i de kraftiga byarna. Strax innan skogen finns en sandbacke där någon tycks ha grävt nyligen. Prosten pekar på den med handen. Wefverstedt bara mumlar.

En början till knoppning möter dem längs den smala vägen in mot skogen, den är igenvuxen av gräs och mossa utom för två klara hjulspår, allt visar en svagt ljusgrön början. Våren sätter fart. Växtligheten sprider sig in över vägen. Blåsippor och vitsippor är på gång samtidigt. Här ute har årstidsväxlingarna en annan rytm än inåt land. Havets långsamma temperaturanpassning, den hårdare blåsten, det fuktiga, allt detta samverkar. Och det är en annan jordmån, ibland stenig och sandig, som ger en annan växtlighet. Björkar och lönnar och enar i backarna avlöses av en allt tätare tallskog. Myrorna har börjat sitt eviga slit och kryper i horder längs vägen. Väl inne i skogen är det lugnare med vinden, de hör havet i fjärran och ser att det blåser uppe i trädtopparna. En och annan vik av odlad mark går in i skogen.

Då hör de ett knakande ljud inifrån i skogen, han ryggar tillbaka, förstår inte vad det kan vara. Något stort flyger ut ur mörkret och kommer nära deras huvuden. Jonas Grimsten hinner se ett par väl utbredda vingar, säkert mer än en meter breda och ett par klor där under.

«En örn?» frågar han men hans följeslagare skakar på huvudet. Inom kort är fågeln där igen, för det måste väl vara en fågel och inte en harpya eller något annat övernaturligt. Den kommer igen, tillbaka mot boet. Den här gången susar den helt nära hans huvud, alldeles tyst och stöter till hans hatt så att den faller till marken.

«En uv», säger intendent Wefverstedt tyst och hyssjar på prosten, «vi har kommit för nära boet.»

De skyndar sig försiktigt vidare, stora stammar ligger över vägen och det blir en strapatsfylld promenad. Snart kommer de till ett stort öppet gärde. Det är Trema där två hyfsat stora gråa boningshus ligger i en jättelik glänta i skogen. Det är ett svagt dis över ängen. Solen tittar fram. Det har inte brukats i höstas, det är tydligt. Hässjevirke finns kvar, några störar står mitt i den öppna marken. Säden har inte slagits i höstas utan ligger ned. Ett par tranor, dessa gigantiska fåglar, är ute och fingår på ängen och en rovfågel sitter på en av störarna. Färgen på de målade detaljerna på det ena husets förstubro har börjat flagna. Dörrarna slår i vinden. De små uthusen ser fallfärdiga ut. Det är en stilla bild, ett slags andakt, känner han.

Wefverstedt berättar att här fanns flera hästar, mer än två dussin nötkreatur, en mängd får, getter och svin.

«Och det kryllade av barn», säger han och slår ner ögonen. «Vid Karl XI:s reduktion kom allt detta i kronans ägo och sedan fick vi vid gruvan ta hand om det hela», säger han. «Mycket fortlevde som förut här.»

«Tills i fjol», slutar han. Jonas vill inte fråga mer.

«Är det?» spörjer han i alla fall efter en viss tystnad då de båda blickar ut över de öde ängarna och intendenten nickar.

«Jag bara hoppas att det någon gång ska börja byggas upp igen, att det ska komma någon hit. Det är liksom Utös gamla hjärta detta. Nu står hjärtat stilla och ådrorna håller på att korkas igen.»

De står tysta en lång stund och begrundar. Ser ut över fältens stilla ro som nu framstår i en spöklik dager. Så tar Wefverstedt till orda. Han vill gärna att de tar en tur ned till havet.

«Hinner vi», frågar pastorn och ser upp mot himlen för att se vad klockan kan vara. «Jag ska ju till kapellet i eftermiddag.»

«Visst hinner vi, det är inte långt.» De följer vägen åt ett annat håll än de kommit och efter ungefär en halv fjärdingsväg är de längst inne i en vik med klippig natur. Det är Rävstavik. Prosten har varit här men kom då från andra hållet. Flera fiskarstugor ligger där helt övergivna, på ett par ställen hänger sjöfågel kvar utanför, ejder som hängts upp för att torka så att transmaken ska gå ur har helt skrumpnat och luktar illa. Han måste böja sig ned, tar sig om låren, han som gått och ridit i alla sina fem och sextio år har plötsligt fått svårt med att promenera. Branta klippor helt visst, men ändå. Kanske böjer han sig också ned för att inte visa sin förtvivlan. En kyrkans man ska vara stark, alltid ha ett ord som kan ge hopp eller till och med nåd. Men att se skärkarlarnas små stugor övergivna smärtar honom, han som så många gånger kämpat för Utö, detta yttersta skär i hans pastorat. Den närmsta stugan, längst in i viken, är väl tjärad och tätad med mossa och lavar, att den är övergiven det ser man direkt och förfallet har redan börjat. Dassdörren är nedriven och det luktar illa därinifrån.

Ett fönster är sprucket. Vettarna formade som ejdrar och alfågel hänger i alla fall på sin plats under taket.

En eka skvalpar nere vid sjön, inte ens ordentligt uppdragen. I en rök som står bakom huset finns gamla skelett av böcklingar som räven eller grävlingen varit och kalasat på. Det är väl den som varit inne på dasset också och rivit ned. Han stannar till och vet inte vad han ska göra. Han kan välsigna hemmanet men det tjänar nog inget till. Han anar pestens hårda slag mot människan. I ett träd hänger en lie, den här har nog använts för att röja runt huset och för att ta vass. Han slår bedrövat med händerna i snåren av vass som tränger sig mot stugan och breder ut sig runtom.

De viker av mot söder och Wefverstedt driver på honom ut på klipporna. Det är stenigt och fullt med rötter över stigen, rötter som ser ut som fågelklor. Utanför ligger sjön lika blank som någonsin och fisket är säkert lika bra som det varit i alla tider. Längst ut är det ännu en svag slöja av dis.

«Här brukar alfåglar komma förbi i tusental om våren», säger Wefverstedt, jag har inte sett dem ännu i år.»

Jonas nickar.

«Albrokskär där till höger», fortsätter Wefverstedt.

«Albrok», han ser frågande ut.

«Farbror vet, den där långbente gynnaren med lång röd näbb, fjäderdräkten svartvit. Som en präst», fnissar intendenten.

«Jag förstår nu vilken han menar, spikgubbe kallar vi den. Som en skata i klädseln.»

«Präst eller skata», fnissar Wefverstedt och fortsätter sitt utpekande av omgivningen. «Storskär där ute», han pekar med handen mot en liten ö som knappt syns, långt ut, «där utanför finns mycket torsk.»

«Torskfisket utåt Börrige och särskilt Borgsbredan mellan Sarlöga, Borgen och Huvudskär har jag åhört mycket skryt om», svarar prosten. «Ålafisket alldeles här utanför Rävstavik, strömmingsfisket utanför Hamnudden, fågeljakten, sälfångsten. Och Gunnarstenarna som väl tillhör Ösmo.»

«Men Storskär och Tårskefång är enkom för Utös fiskare.»

«Jag förstår», säger han. «Ett sådant överflöd som vår herre skapat och nu finns ingen som kan nyttja det. Ser man Huvudskär härifrån?»

Han blickar ut och försöker se dessa öar i fjärran. De ser en rad öar skymta i det gråa åt norr, Borgen och Sadelöga, en rad som går rakt ut i havet, en rad som pekar rakt mot Huvudskär. Ända dit kan man inte se. Särskilt inte idag. Det går inte men han inbillar sig.

«Har några dött där ute? Det har de säkert, pesten är ju överallt, de är nog begravna i havet», säger han i dialog med sig själv, «som sjömän. Det lilla kapellet där fick en ny klockstapel. Tre, fyra år sedan. Har han varit där? Där är man verkligen mitt i havet. Det var längesen.»

Han står stilla och vet att han inte får något svar. Det var inte därför han sa detta heller. Att ha fått se Huvudskär är en av välsignelserna med detta pastorat.

«Nu måste vi tillbaka om vi ska hinna», säger han.

«Bara en liten tur till. Herr prosten kommer att komma i tid, var inte orolig.»

De fortsätter mot söder på utsidan, graniten böljar sig och det är så storslaget att han nästan gråter, några tärnor hackar mot ett par svanar som sökt sig in mellan kobbarna, ett par måsar hugger mot en annan fågel uppe i skyn. Att han blir så känslosam här ute. Han måste skärpa sig. Åldern gör att han ibland blir så här fånig. Det är något med att man ser färger och natur på ett annat sätt efter ett långt liv. Vissa koraler i kyrkan kan också göra att han rörs. Ett tecken på ålder och erfarenhet men kanske också på längtan till något annat. Han som ska ha svar på allt vet inte svaret på varför han känner sig så här. Och det är väl inget fel på att ha känslor. De får bara inte ta över det rationella, det som behövs när han ska ta viktiga beslut och trösta och vägleda. Han kan ju inte gråta värre än änkor och barn.

Strax ska de svänga mot Trema igen men Wefverstedt trampar på, det är en krånglig och backig stig längs havet. Nu börjar prosten bli allt mer orolig. Han måste följa intendenten, han skulle inte hitta åter.

«Snälla monsieur Wefverstedt, nu får vi skynda på.»

«Visst», säger Wefverstedt, «vi tar en genväg tillbaka strax.»

Då får de se en fiskarstuga dikt intill berget. Det är nästan en kula. Wefverstedt bedyrar att han inte sett stället förr. Här luktar det bebott, någon har eldat och fiskenäten som hänger på tork har ännu tång i sig och de ser en sump med fisk i innanför en vassrugge. Båten, en gammal eka efter lokal byggtradition ligger väl inkilad bakom en sten. Men de ser ingen människa, det är helt dött. Ändå skulle de kunna svära på att någon varit där nyss.

Han hämtar andan för att säga något. Mattias Wefverstedt tystar honom, hyssjar och pekar. Några kvistar bryts ovanför dem och de ser på buskarnas rörelser att något rör sig. Ett djur eller en människa?

«Vad var det där?» säger prosten när de kommit en bit in i tallskogen.

«Vet inte, vet inte», säger intendenten. «Det måste jag ta reda på. Senare.»

Det är en kort bit genom skogen innan de är på Trema ängar igen.

«Tack monsieur, broder. Nu får jag skynda mig.»

En skjuts ska hämta honom vid landsvägen strax där utanför efter klockan tre för att ta honom vidare mot kapellet. Det har madam Wefverstedt lovat. Skjutsen ska ha med hans kappsäck som han lämnat vid gruvan. De har gått fort. Middagen åts vid ett och nu är klockan redan en bit efter tre. Väntar vagnen honom

nu? Han tycker inte om att låta folk vänta. Han behöver bara gå
bort från stigen en liten sväng för att uträtta sina behov. Så där,
nu kan han verkligen bege sig till kapellet.

Ryckas upp med rötterna
var och en

som en storm går plågan över nejden
var och en som faller
har sitt öde, sin smärta, sin sorg

när man ser hela förödelsen
förstår man att det nog bara är tur
att några står kvar

var och en av dem som inte fallit
står kvar med sin saknad, sitt ansvar, sin lättnad,
sin skuld över att bli ensam och inte kunna hjälpa
de som föll

snart fylls luckorna
var och en ersätts
var och en som var oersättlig

det obarmhärtiga kretsloppet

Juliya

Så klart att det skulle bli kö vid avstigningen. Nu har folk glömt alla förhållningsregler i sin iver att få komma ut. Ställer sig upp i gångarna långt innan båten kommit till bryggan. Sedan in och ut för att få med allt bagage. Cyklar och hundar och marsvinsburar och virke och väskor. Trots att det är dagen efter en lång helg. Den första helgen för många då man försiktigt kunnat öppna upp sina sommarhus. Man har inte vetat vad som väntar. Fullt med löv och mögel på verandorna, cyklar som behöver lagas och fönster som behöver kittas, sängkläder och madrasser som behöver vädras. Juliya ska låna ett hus där han som lånat ut det sagt att inget av det där kommer att behövas. Allt är ordnat, sa han. Hon som är vältränad och smidig hade nog kunnat rusa av före de andra. Hon har istället valt den andra taktiken, att sitta till sist och sen släntra av.

När passagerarna stigit av skingras de snabbt åt olika håll. Mannen som spillde kaffe ser hon hoppa in i en bullig bil med ett par militärer i. Det blir tomt på en gång men lite folk är i rörelse längs något som verkar vara en bygata med några hus och affärer. Nu vill många ta igen vad de har förlorat under den instängda och bedrövliga virusvåren. Hon andas djupt, det är friskt. Hon ser en rovfågel ovanför backen, några måsar hackar på den ovanifrån. Fiskgjuse tror hon. Ser kvarnen där uppe på sin höjd. Nu gäller det att leta rätt på den sommarstuga hon fått låna ett par dagar. En skiss över vägen dit har hon fått. Hon ser cykeluthyrningen och bestämmer sig för att hon säkert har användning för en cykel de dagar hon är här. Kämpar på upp för den branta Prästbacken. Tungt är det men hon är stark och trampar på. Hon försöker tänka bort alla dessa små röda, och större gula och vita byggnader, i stället fanns det säkert många små gråa och tjärade hus då 1719 när ryssen kom. Hemma i Ryssland och Ukraina är de få gamla hus som finns kvar omålade, av gulbrungrå stockar eller gråa plank. Här är alla gamla hus röda. Det var nog inte målat på det sättet tidigt på sjuttonhundratalet. Hon har förstått av sina studier att ett litet rött hus i backen och den långa smedjan ovanför backen fanns före 1719. Det ska vara allt som finns kvar av tiden innan ryssen kom på den här delen av ön. Tideräkningen här är ett före ryssen och ett efter. Hon tittar efter just de husen men om det är de hon tror skiljer de sig inte mycket från de andra. Det i backen är lågt med breda vindskivor. Smedjan är lång med ena änden av sten och resten i trä. Nu är den en raststuga.

Mamma har berättat om ett gult hus som hon och de andra flickorna bodde i och där svenska pojkar var och målade utsidan och blev inbjudna till flickorna, eller hur det nu var. Hon har cyklat förbi ett par gula hus i backen, mamma sa att deras låg mellan värdshuset och gruvan. Där är det ju, ett hus i ett par våningar på en stor stensockel. Hon blundar och ser mamma där i en städrock och svenska pojkar på ställningar. När mamma kom hem träffade hon pappa och Juliya blev till ganska snart. Hon funderar igen på det där. Hon står länge och vilar på cykeln, borde leta efter sitt hus eller åtminstone titta på gruvhålen. Men hon står still, tänker jag kan ha blivit till i det där huset och ha en svensk pappa. Kanske kommer hon att möta honom. Hon har förstås ingen aning om vem det kan vara eller om hur historien var. Hon tar en bild av huset och messar till mamma igen.

«Vad hände där inne egentligen», skriver hon och lägger till två frågetecken och bifogar en emoji med ett kärlekspar. Mamma svarar inte, i alla fall inte omgående.

Den där skilsmässan förstörde allt. Inte bara att de skilde sig utan sättet de gjorde det på, Mamma var nog otrogen och pappa drack och blev alltmer högljudd och hotande. Mamma och hon flyttade till moster ett tag. Och så tillbaka igen och nya bråk. Så hon hatade när hennes föräldrar bråkade. Hon drog sig undan och bort från hemmet. En period skar hon sig, prövade droger innan hon som den duktiga flicka hon är gick helt ner i studierna. Flyttade hem till en kamrat och mamma blev vansinnigt arg på henne. Ringde och tjatade och grät att hon var så ensam. Och Juliya hade svarat att det skulle hon tänkt på tidigare. Det revs upp ett sår där. Det har väl aldrig riktigt läkts. Hennes bror tog det inte alls lika hårt. Juliya sökte sig till mostern, mormodern och andra äldre kvinnor i familjen. Vad nu det har med vad som hände på Utö att göra och om hennes pappa egentligen är hennes pappa. Hon tänker igen. Nej, pappa har alltid varit hennes pappa, en besvärlig far visst, men en som alltid ställt upp, även när hon var som besvärligast. Så räknar hon igen. Hon fyller år idag, tredje veckan i april. Mamma lär ha lämnat Sverige i början av juli. Har hon sagt i alla fall. Bröllopet var i slutet av augusti. Hon försöker slå bort tankarna.

Hon cyklar mellan de stora gruvhålen. I den vänstra gruvan, den som heter Långgruvan, ligger mängder av svart sten i en stor hög. Det står på en skylt att ryssarna vräkte ned stenen 1719. Vet man verkligen det, eller är det en gissning? Hon har fått låna ett rum i det hus som kallas ryssfängelset, som ligger nära gruvorna. Så många platser som har ryss i namnet, minnena sitter kvar. Fängelset som visar sig vara en grå stenlänga med fyra små dörrar ligger just bortom gruvan strax nedanför några röda hus, vetter mot en äng som ser påtagligt obrukad ut förutom ett skelett till ett primitivt växthus mitt på. Hon har fått en nyckel i stan som hon plockar upp ur ryggsäcken, låset är trögt, ingen har nog varit här på den långa fuktiga vintern, fast hon fått höra att det bara skulle vara att bruka, hon får ta i och dörren går till slut upp. Den har slagit sig och sliter emot dörrfodret varje gång man öppnar eller stänger. Hon prövar flera gånger. Hon känner en lukt av instängdhet, fukt och lite mögel. Stiger in. Ett litet fönster som sitter djupt i de tjocka väggarna släpper in ett ändå hyfsat dagsljus. Åk till min datja, hade han sagt, den hon lånat huset av. Datja är för henne något annat, men visst, så här bor många på landsbygden i både Ryssland och Ukraina.

Ett litet handfat med avlopp men utan vatten. Det är iskallt och det stora rummet med sina massiva stenväggar är som en kula att krypa in i. Antagligen är det kallare inne än ute på våren och tvärtom på hösten. Det första hon gör är att ta fram sin necessär och ta ut den lilla ikon hon har där. Den är med på alla hennes resor. Hon ställer den i fönstersmygen och gör korstecknet. Hon är inte särskilt religiös men visst tänder hon ett ljus i en kyrka ibland. De ortodoxa kyrkorna är skapade för att ge tröst och tillflykt från en grå vardag, fulla av guld, ikoner och basröster. Det kan vi alla behöva ibland.

Hon ser svart mögel på väggen och vill genast skrubba bort det. Det finns en skurborste men inget vatten. Hon letar runt och hittar mögelmedel i ett skåp. Sprutar och gnider. Hittar några gamla elelement i en annan skrubb och sätter dem på högsta värme. Hon går ut efter vatten att skölja bort möglet med men kranen sitter fast och fungerar inte. Hon träffar på en granne och frågar om vatten. Vattnet har inte satts på av Skärgårdsstiftelsen som visst äger alla hus, så hon får gå till värdshuset i det gamla gruvkontoret för att hämta. Hon behöver gå på toaletten först och grannen visar ett dass i skogskanten. Det är låst och eftersom hon har mycket bråttom så går hon bakom dasset och sätter sig på huk i gräset. Hon hinner inte leta nyckel nu.

Grannen står kvar när hon kommer åter. Han börjar berätta och det tycks henne som att han aldrig vill sluta. Han håller sina två meters avstånd men talar högt. Drar hela historien om fängelset.

«Det bodde några ryssar här som var fångar efter att deras kamrater rott och seglat hem 1719», berättar han. «Det finns en gång i berget härifrån fram till gruvan genom vilken fångarna leddes för att arbeta i gruvan», berättar han.

Han betraktar henne, frågar var hon kommer ifrån och hur länge hon ska vara här. Ständigt dessa frågor. Dessa mäns frågor och blickar. Men hon berättar på sin lite knaggliga engelska.

«Det var den sextonde juli 1719 för snart trehundraett år sedan som ryssarna kom till Utö under ledning av greven och amiralen Fjodor Apraxin. Jag följer i Apraxins fotspår för att bättre kunna förstå varför han inte lyckades inta Stockholm. För att kartlägga hela hans framfart. Kopplingen till Peter den store. Forskning.» lägger hon till.

«Har inte tänkt på Peter den store i det sammanhanget», säger grannen. «Det var en del ståhej i fjol på trehundraårsdagen av härjningarna.»

«Jo, jag borde kommit då, men det är först nu jag har fått forskningsanslag till resan.»

«Fast det där med ryssfängelse får man ta med en nypa salt», säger han nu.

Hon ser frågande på honom. Byter ståndpunkt helt plötsligt.

«Troligen är huset från en senare tidpunkt och var gruvarbetarbostäder», tillägger han.

Hon tänker att han har förstått att hon kan en del om historia och att man inte bara kan köra med de gamla skrönorna. Säkert är det så att det skapats en stor mytbildning om ryssarnas framfart, här som på andra håll. Hon måste sålla i folks historier. Så är det ju hemma också. Olika historier i Moskva och i Ukraina, olika på mors och fars sida. Källkritik är ingen stark rysk gren men hon gör allt hon kan.

Hon frågar hur hon ska gå för att se havet på utsidan av ön och han pekar och berättar hur hon ska gå för att komma till Rävstavik. Rävstaviken. Hon känner igen det från listan av de mer sextio gårdar och torp och andra bostäder som brändes av ryssarna.

«Hoppas du ska trivas», säger han. «Med lite el får du nog snabbt upp värmen. Det behövs så här års.»

«Jag fyller faktiskt år idag», säger hon bara så där rakt ut i luften.

«Gratulerar, Jag har tyvärr inget att bjuda på. Hoppas du får en bra dag.»

Hon går in igen och ser sig om efter en spegel för att se hur hon ser ut och om hon behöver sminka sig. Hon har märkt att det i vanliga fall uppsatta håret hänger i testar fast hon ordnade till det på båten. Över handfatet finns en liten sminkspegel och hon ser att hon både behöver rätta till håret och sätta på mera läppstift. Hennes oftast bleka kinder är fortfarande blossande röda, det kan hon inte göra något åt. Hon släpper ut håret och sätter upp det igen. Inte för att hon kommer att möta så många men ändå. Hon ser rummet i spegeln och nu slår det henne att det inte finns någon tv. De senaste månaderna har hon suttit klistrad framför tv:n långa stunder för att få allt nytt om coronan. Följt situationen i Sverige, Ryssland, Ukraina, Kina, USA, ja hela världen. Siffror från John Hopkinsuniversitete och Worldometer har blivit den dagliga ritualen. Inte ens en radio finns det. Wifi kanske finns vid värdshuset och räcker hit. Möjligen är telefonsignalen stark nog här i glesbygden. Hon hoppas. Om något av det finns kan hon använda datorn. Hon vill följa alla dessa ständiga flöden av data: smittade, inlagda, intensivvårdade, döda. Ändå fattar många inte förrän någon i deras bekantskapskrets eller en känd person drabbas. Så fungerar logiken.

Nej, nu får hon gå. Allt hon finner att hämta vatten i är en gammal gul emaljhink. Hon tar fram täckjackan. Den borde hon haft på sig från början. Det är kallare här än i stan. Hon går tillbaka förbi gruvhålen igen.

Hon går in i den röda köksbyggnaden bakom restaurangen direkt efter det gula huset där mamma bodde. En ganska ny byggnad, när hon kommer in ser hon att det är ett nytt modernt kök. Hon får stå en stund innan någon syns till. Sedan kommer en kille i hennes ålder. Hon ser att han synar henne och hon vill bara springa ut men hon klämmer fram water och han tar hennes hink och kan inte låta bli att komma åt hennes hand. Hon ryggar tillbaka, Ingen corona nu, tänker hon även om gossen verkar trevlig. Hon frågar efter toaletten och går in och tvättar händerna noga. Det verkar bara vara han där. Ett restaurangkök borde vara fullt av aktivitet strax före lunch. När han kommer med vattnet frågar hon var alla är. Han berättar att nästan alla gäster uteblivit på grund av coronan. Dessutom är det alltid dåligt med gäster direkt efter en helg.

«Jag får göra allt», urskuldar han sig.

«Men, jag kommer i all fall och äter frukost i morgon», säger hon och nu ler han. Han har en glipa mellan tänderna.

«Kan jag få köpa matsäck», säger hon och han nickar.

Han brer ett par smörgåsar på rågbröd med rödbetor och köttbullar på och stoppar med en öl i en papperspåse. Hon har glömt plånboken och frågar om hon kan betala i morgon bitti när hon kommer till frukost, han nickar och hon går försiktigt därifrån och försöker låta bli att skvimpa ut vattnet. I stugan tvättar hon väggen och sig själv noga igen, en halv minuts handtvättning ska det vara, det finns ingen tvål utan bara några droppar diskmedel i en flaska. Hon packar matsäcken i ryggsäcken. Nu ska hon gå till Rävstavik för att se ut över havet och se om det finns gamla husgrunder. Tar med datorn och kameran för att kunna dokumentera vad hon ser.

Vad trodde sig den tidens ryssar ha att vinna på att bränna allt? Skrämmas? Möjliggöra för en framtida invasion? Hon går nogsamt igenom det hela igen, som hon gjort så många gånger, om hur Apraxins flotta försökt komma igenom Baggensstäket och slå mot Stockholm men misslyckats, trots att den svenska truppen var liten och svag, Han hade uppenbarligen missbedömt topografin, kullarna på ömse sidor hade gjort svenskarna så mycket säkrare. Trots att ryssarna var flera hade de slagits tillbaka. Hur han och hans mannar sedan brände så gott som allt på öarna hela vägen från norr till söder och hur han gjorde nya framstötar via Södertälje, men misslyckades igen med att nå huvudstaden. Återigen en smal klyfta som ryssarna inte kom igenom. Hon har hört att man skrämmer för ryssen i Sverige, det gör man även i hennes Ukraina, men vill ryssarna verkligen vara de som skräms? På universitet i Moskva har hon mött så mycket värme och medmänsklighet och humor från alla ryssar hon lärt känna där. Var kommer det andra draget från?

Hon skyndar iväg längs en fin landsväg med röda stugor. Vid en gul länga sitter två gamla damer väl påbyltade i vårsolen och pratar ryska med varandra. På nytt ryska på Utö. Märkligt. Hon tänker på dem som två babusjkor. När hon frågar dem om hon är på rätt väg vill damerna berätta hur deras föräldrar hade det i Petrograd på den tiden det fortfarande fanns svenska affärsintressen där. Hon blir tagen av deras historia och deras sätt att berätta. Överväldigad av att Ryssland är så närvarande här på Utö.

Hon har alltid varit fascinerad av relationen mellan Sverige och Ryssland och hur dessa länder förhållit sig till varandra genom seklen. Hon kom först i kontakt med det svenska språket genom att mor pratade det någon gång, hon hade inte bara arbetat på Utö, sommaren innan var hon i södra Sverige och arbetade i en familj. Då hade hon lärt sig en del svenska, inte minst barnramsor som hon sedan tjatade om och om igen när Juliya och hennes bror var små. Barndomens kontakt med Sverige i Ukraina var annars Karlsson på taket. Det var favoritboken för alla barn där om den upproriska barngubben med propeller på ryggen. Nu har hon börjat läsa svenska böcker om skärgården och börjat med Hemsöborna. Karlsson på Hemsö tänkte hon sig direkt med propeller på ryggen. Hon läser mycket skönlitteratur, det är ett av hennes stora intressen vid sidan av studierna.

Det finns en hatkärlek mellan det ryska och det svenska, i Ukraina har man en annan attityd. I Ukraina pekar man på att landets blågula flagga skulle vara en rest av det svenska, från Karl den tolftes tid. Svenskarna var då vännerna mot Ryssland. Hon har hört om ubåtsaffärerna i skärgården. Här i Sverige verkar man se ryska ubåtar överallt, antingen de finns eller ej. Vad man än vet om sakläget så bestämmer man sig för att det är den aggressive ryssen, men i början av 1700-talet var det Sverige som var det aggressiva landet.

Bränningen av Utö var kanske en hämnd. Primitivt, tänker hon och skakar på huvudet där hon går ensam i tallskogen. Vad Ryssland gjort för Sverige kan man ju diskutera. Båda ville ha herraväldet över Östersjön, kanske är det så än idag när svenskarna försöker förbättra relationerna till de baltiska staterna och Ryssland slåss för de ryska minoriteterna i samma länder. Ryssland försökte erövra det svenska Finland redan i början på 1700-talet och tog Sveriges östra halva helt och hållet 1809. Men ryssarna respekterade det finska till en viss grad. I alla fall slapp svenskarna en finsk frigörelsekamp, eftersom landet var ryskt när det skulle frigöra sig. Man kan ju jämföra med Irland.

Nu sätter hon full fart för att komma till öns utsida och få spana ut mot andra sidan. Hon kommer in i en mörk skog, hör snart bränningarna från havet och ser ljuset genom tallkronorna. Det blåser kallt där bortifrån. Det bär nedför en lång sträcka, men till slut är det en stenig backe upp. Hon springer upp för den och där är det, det blåa havet utan synbart slut. Det som alltid har skiljt och förenat oss.

Vill segla mot horisonten
så långt man kan se
förbi vågor som bryter
till en annan kust

där allt detta onda kanske inte finns

där människorna oroar sig över något annat

men just som jag ska passera gränslinjen
mellan här och där

hålls jag kvar

vill inte förlora dig nu
säger en röst
vill inte att du ska passera gränsen

mellan vad vi vet finns
och det som kanske inte är

Jonas

Han står vid den långa landsväg som går mellan gruvbyn och jordbruksbygden på södra ön. Hans skjuts skulle möta honom efter tre. Nu är hon säkert minst halv fyra. Jonas Grimsten känner att det stramar i vaderna, han får ont av att stå stilla, så han sätter sig på en sten och väntar. Några örnar flyger uppe över berget på motsatt sida mot där han kom ifrån. Fyrkantiga som lagårdsdörrar. Havsörn. Det är gott om rovfågel. Om det har med pesten att göra eller inte vet han inte.

Pesten kom från Livland till Stockholm med båt från Pernau, båten seglade förbi Nämdö. Skeppet hade man stoppat på redden men skepparen lyckades på något sätt komma i land vid Baggensstäket utanför Stockholm och med honom pesten. Den tog fäste inne i den stora staden och har sedan tydligen sipprat tillbaka ut hit till våra trakter och här ute har många svepts med.

Vid landsvägen lyser den låga solen in från Mysingssidan och han ser några flickor som går på vägen på väg mot gruvan. De hoppar och sjunger. Han uppskattar att de är mellan tio och femton år. Nattvardsmogna. De ser honom och stannar och tystnar.

«Fader, får man vara glad att man lever?» frågar den äldsta tösen. «Vi har överlevt pesten, vi är de som hör till framtiden. Gud har gett oss livet. Vi är sorgsna när vi tänker på de som dött och också glada, så nöjda att just vi lever kvar och kan föra arvet vidare.»

«Det är fint tänkt», säger han. Blir riktigt tagen av denna uppvisning av livsglädje mitt i allt armod. Han skiner upp.

«Fast, vi vet inte om vi blir kvar på ön eller far till Stockholm.»

«Nej, hu», säger han. «Där har så många dött.»

«Men många lever», säger flickan. «Fler än här. Det gäller ju att finna en man.»

Han känner sig upplivad. Här finns det hopp.

«Jag håller med er, det finns ingen anledning att ge upp. Det är ni i det uppväxande släktet som ger oss gamla kraft att leva vidare. Gud signe er flickor. Lycka till på er väg. Jag hoppas vi ses igen.»

Flickorna vinkar till honom och han vinkar tillbaka. Så sätter han sig vid vägkanten igen. Det är nu helt öde på landsvägen Inte en människa. Han väntar en halvtimme, han väntar två. Han fryser. Så börjar han långsamt gå landsvägen söderut mot viken där nedanför. När han kommer mot vattnet och vandrar längs Edesnäsviken ser han ejder i flockar, utfärgade svartvita gudingar och bruna ådor och hälsingar, där är svanar, måsar, doppingar och andra fåglar. De lyses upp av solen som nu nästan är nere vid vattenytan långt borta mot Österhaninge, mot land. Han livas upp igen.

Inom en halv timme är han framme vid den större gården som kallas Utö gård eller Edesnäs. Det är ett säteri precis som Sandemar, Valsta, Hässlingby och flera andra i hans socken och som Sundby på Ornö. Den här är lite mer återhållen i byggnadsstilen. Som om den inte vill förhäva sig bland alla torp. Huvudbyggnaden i bara en våning målad i rött med två flyglar. Några uthus och torp som mer ser ut som Utös övriga byggnader med torvtak och utan målning, grå och tjärsvarta.

Tämligen trött kommer han fram till mangårdsbyggnaden och knackar på. Ingen där. Han tjoar för att väcka uppmärksamhet. Han provar i flyglarna och stugorna runt om. På ett ställe möter en osannolik lukt. När han tittar in ser han några djurkadaver som ser ruttna ut. Antagligen har de stackars djuren frusit eller svultit ihjäl sedan alla människor på stället dött eller flytt, det måste varit i höstas, sedan har kropparna frusit till is och ingen har märkt dem. Nu börjar de tina och stanken är mer än vad han kan klara av. Han stänger lagårdsdörren och får vända sig om och spy. Han svär och domderar, aldrig trodde han att han skulle se något så djävligt.

Till slut hittar han en dräng i ett torp som säger att de flesta är döda och att befallningsmannen åkt till släkt på fastlandet. Prosten berättar om sin situation och att han tänkt bege sig till kapellet i kväll.

«Jag hade gärna skjutsat honom», svarar drängen, «men kan tyvärr inte lämna stället, jag måste hålla vakt. Han kan få sova över i mangårdsbyggnaden, så ska det säkert ordna sig till morgonen.»

Han är glad för gästfriheten men undrar hur det ska gå med kvällsmål. Drängen erbjuder honom gröt och en sup. Med det får han nöja sig.

Han undrar hur Johannes Wollrath, kapellpredikanten i Ornö och Utö ska ta hans frånvaro. Nå, den mannen är van vid strapatser, han får åka fram och åter mellan öarna med fara för livet. På Ornö har han sin prästgård vid Degernäs vid Kyrkviken, han ser kyrkan över viken men det är en god väg emellan. Långt mellan prästgård och kyrka, precis som han själv har det i Österhaninge. På gården har Wollrath mycket att göra med alla barnen, med djur och ängar. Johannes och Sofia reder ändå ut det bra. De fyra pojkarna är duktiga, flera av dem har sagt att de ska välja prästyrket. Prosten har skrivit om sin ankomst i ett brev till Johannes som han skickat med ett bud till Ornö. Wollrath ska ge sig tid att möta honom, om han fått noten vill säga.

Johannes är ofta avskild från världen utanför öarna. Få underrättelser och besked om hur man ska driva prästkallet i denna tid. Ännu färre fastlandskontakter nu under pesten. Han får laga efter läge. Jonas litar på Johannes Wollrath. Han har lärt sig improvisera och brukar ta vettiga beslut. Johannes skulle möta honom vid kapellet, i alla fall är det vad Jonas föreslagit. Johannes är van vid att saker kan ta sin tid. Hur han klarar att hålla mässor både här och i Ornö överstiger prostens förstånd. Efter en kort promenad ned till vattnet för att se Mysingen i skymningen vill han sova. Det är svinkallt fast drängen tänt en brasa åt honom, dasset är i miserabelt skick och drängen har tagit in en spann vatten, men eftersom han saknar sin ränsel så har han inget extra att svepa om sina trötta och svullna ben. Han kan inte få bilden av de döda djuren ur huvudet, han måste ändå be sina böner som idag är mer frågande än annars. Så småningom ojar han sig till sömns.

Juliya

Där öppnar sig havet. Hon ser horisonten. Det finns en annan kust som man inte ser, bara vet att den finns där. Hon vet att det är den baltiska kusten på andra sidan. Hon andas djupt. Havet möter med pulsslag, stora vågor kommer in genom gattet in i Rävstaviken och brer ut sig åt ömse håll, regelbundna hårda vågor med skum på kanten. Det blåser ordentligt. En pålandsvind. Det är storslaget på något sätt med de vindpinade tallarna, de släta klipporna med många minnen från istiden i form av grytor och linjer i berget. De roströda inslagen skvallrar om järnmalmen, några få skär finns utanför där det finns skarv, det syns på den vita spillningen på berget, antagligen finns det också säl. Det lär finnas säl igen efter den hårda miljöförstöringen i slutet av nittonhundratalet. Hon undrar om ryssarna kom den här vägen eller från Gruvbryggan.

Hon söker sig längst in i viken. Där kan hon gå upp i skogen och kissa fast det kryper myror på henne. På vägen ner igen ser hon den första husgrunden. Ett av de två torpen. Hon börjar omedelbart mäta upp den genom att stega och börja lyfta på stenar. En orm slingrar sig blixtsnabbt in under en sten. Ryggmärgsreflexen är omedelbar.

Hon ryggar tillbaka. Men förståndet säger att man inte ska vara rädd, att ormen är räddare än vad hon är. Hon tappar balansen för en sekund men lyckas återvinna den och undviker att falla ned i ett snår där hon ser att nässlor börjat komma, ännu som små, små skott. Varken biten eller bränd.

När hon samlat sig tar hon av mössan och samlar lite späda nässlor i den. Något får man tåla för att få lite till nässelsoppa. Eller kanske stoppa dem i crêpes, nalysnyky. Hur hon nu ska kunna tillreda något sådant i rummet i fängelset. Hon har samlandet i generna, tror hon. Alla ryssar och ukrainare gör det. Hon stoppar ned mössan med sitt dyrbara innehåll i fickan och börjar med sina utforskningar.

Hon får försöka gå runt på tå innan hon kan ta itu med husgrunden. Inget fynd är för litet för att ta itu med, har hennes professor tjatat på sina föreläsningar. Hon fräser och spottar och stampar för att alla ormar ska ge sig iväg. I ett snår av vass ser hon en gammal gul skylt. Den är illa åtgången men hon kan se att det står en varning på flera språk. Hon läser den ryska: Запретная står det med stora bokstäver. Zapretnaja, förbjudet, det ordet syns tydligt. Sedan något annat på tonande s. Zona står det nog. Förbjudet område. Under kan hon bara se några bokstäver men det är tydligt att det är förbjudet för utlänningar. Det han pratat om på båten. Ett ständigt fiendskap förstås.

Landet Rus där Kiev ligger nu skapades ändå av svenska vikingar en gång. Lite lika är vi i de båda länderna. Ser man en ryss och en svensk är det inte mycket skillnad i utseende. Ryssarna ibland tystlåtna, ibland bullrande, svenskarna har också två lägen, tysta eller småpladdrande, det är vad hon tycker. Och ändå denna fientlighet, denna grymhet. Hon är här för att lära känna historien och ta reda på varför de ryska trupperna höll på som de gjorde. Men hon behöver inte ha någon djupare förståelse. Begripa räcker nog. Det här är ett dilemma för varje historiker, att kunna begripa ett skeende, kunna resonera kring motiv, och ändå inte leva sig in så långt att omänskliga gärningar försvaras. En skönlitterär författare har det lättare. Hennes pappa har sagt att det intressanta med historia är hur vanligt folk hade det, vad nu vanligt folk är. Hon skriver om Peter men det är ju ur soldaternas och krigsoffrens perspektiv. I alla fall vill hon ha det så. Här handlar det om svenska fiskare.

Hon letar vidare i och kring husgrunden. Svårt att se om den bränts ned. Skulle detta varit boningshuset, bara några meter på varje ledd. Ett hus till av samma storlek ungefär. Hon letar innanför grundstenarna. Folk har använt den som soptunna, säkert ända sedan ryssarna brände. Hon får gräva länge för att kunna skilja gammalt från nytt. Till sist hittar hon en gammal metallbit med en kran på. Det påminner om en del av en samovar, en sådan som mormor hade. Hon tar den försiktigt och virar in den i en näsduk. Många tankar går genom huvudet. På många sätt påminns hon hela tiden om det ryska här. Inte hade soldaterna samovarer som de tagit med när de skulle bränna upp ön? Inte hade svenska fiskare samovarer?

Hon har läst mycket om brända jordens taktik. Att bränna det egna landet för att försvåra för fienden. Som Ryssland gjorde när Moskva varit hotat. Även då i början av sjuttonhundratalet när Karl XII marscherade mot Moskva. Det här var något annat. Man brände fiendelandet. Var det bara vedergällning för alla slag svenskarna vunnit, eller krigets vansinne? Kanske var det för att skrämma svenskarna. Få bort dem från skärgården så att det skulle bli lättare att angripa nästa gång. Någonting sådant. Hon måste skriva ned de här tankarna och komma till något slags hypotes.

Hon går vidare längs klipporna söderut. Det är uppför bergskanter och ner för sluttande klippor, ibland tvingas hon till stora hopp. De första tärnorna har kommit och håller på att sätta bo. De små fåglarna är ettriga och aggressiva och hindrar henne från att följa vattnet. Hon skäller på dem och slår omkring sig vilket bara leder till att de blir ännu argare och de små flygarna störtdyker mot henne som MIG-plan eller en flock getingar. Hon får springa därifrån för de ger sig inte och hon försöker en smal och besvärligare stig längre upp i skogskanten. Så fort de ser henne är de där igen. Hon hotar antagligen deras nyvunna revir. Inkräktare i skärgården.

Hon ser ett litet brunsvart djur som pilar fram. En mink förstår
hon, när hon har lugnat sig. Den är nog ett större hot mot tärnan
men det har fågeln inte insett ännu. Hon ser en märkning på
träden, det ska nog vara en vandringsled, hon försöker följa den,
men det är svårt att ta sig fram. Stranden består av inbuktningar
och små sjöar som någon gång avsnörts från havet, av branta upp-
förs- och utförslöpor och av betongfort som har rasats in och fyllts
med sten och grus och betong, antagligen för att undvika att folk
uppehåller sig där. Befästningar där man antagligen spanade efter
ryssar under orostider. Hon har hört att en viktig näringsgren
på öarna var att spana efter fiender till havs. Numera också efter
oljeolyckor. Den omfattande trafiken till och från Kaliningrad
och Sankt Petersburg innebär betydande risker för dessa käns-
liga naturmiljöer. Men det struntar makthavarna i. Hon kan bli
rosenrasande när hon tänker på det, då gnistrar de gröna ögonen
och hon är helt oresonlig. Hennes historieprofessor säger att man
måste vara objektiv om man ska arbeta med historia. I vissa av-
seenden vill hon aldrig vara objektiv.

Hon kommer fram till en liten stuga i en vik, stugan ligger
nästan uppkrupen på berget. Det verkar som om någon bor där.
Ganska nytt hus. Här finns nog ingen historia. Mamma har
nämnt att hon besökte olika stugor på ön. Runt stugan går en
hel grupp änder. De kommer fram till henne, antagligen är de
så tama för att någon gett dem något att äta. Hon sätter sig ned
och letar i ryggsäcken och hittar några brödsmulor och så sätter
hon sig på huk där bland änderna och känner att hon är mitt i
naturen.

Den lilla omålade stugan vid berget har en sopsäck stående ut-
anför, en sådan där stor svart plastsäck. Det finns också en båt
som bara verkar löst bunden. En träcka med en tio hästars motor.
Hon känner på motorn och den är varm. Hon går fram och ki-
kar in genom fönstret. Ingen där. Det ligger i alla fall packning

och skaffning på den ena sängen. Utanför finns en träbänk och hon sätter sig där. Stugan ligger på en minimal yta mellan berget och vattnet vid en av de otaliga små vikar som går in innanför alla kobbar och skär. Runt den ligger små pölar med vatten, fördjupningar i berget som fyllts med vatten efter regn och stormar och där det både växer och kryllar av smådjur. Ingen människa. Konstigt. Det här är inget torp som finns på förteckningen över gårdar från sjuttonhundratalet, de som Apraxins styrkor brände ned. Det kanske räknades till Gruvan och var inte förtecknat. Eller också fanns det inte, eller så hittade de ryska soldaterna det inte.

Hon bestämmer sig för att gå vidare upp mot Trema gärde, en plats där ryssarna brände 1719. Hon har tänkt sig att dokumentera ett par av de platser som brändes och ta reda på så mycket som möjligt om dem. Nyss Rävstavik och sedan Trema. Då blir två klara. I skogsbrynet möter henne en backe där några gullvivsblad har kommit upp. Hon stänger ögonen och föreställer sig hela backen översållad av gullvivor. Snart lyser det nog helt i gult. En kort bit till och så ser hon det stora gärdet. Eller, det är i praktiken två, åtskilda av en trädrad. Hon förstår att träden växt upp längs ett dike som dränerat åkrarna. Något rör sig borta i ett skogsbyn, något stort brunt. Hade det varit i Ryssland hade hon trott på en björn. Det är en älg, nu ser hon det stora djuret komma ut ur snåren och ett par stora rovfåglar lyfter ovanför älgen och skriker åt den. Tydligen har den kommit nära deras bo. Aldrig har hon sett en älg förut. Hon är imponerad. Det är en magisk äng det här. Älgen springer iväg tvärs över fältet åt andra hållet än hon står och hon vågar gå ut på fälten. En husgrund på vardera fältet finns kvar åtminstone till dels. Hon letar där på samma sätt som hon gjort i Rävstavik men här finner hon inget. Hon går hemåt igen genom skogen.

När hon är nästan hemma kommer en motorcykel bakom henne, en sån där som kör racertävlingar, fort kör den och inget avstånd håller den och hon svär åt föraren som knappast håller två meters avstånd. Strax efter kommer någon flåsande bakom, och hon hör hur personen snörvlar när den kommer närmare. Hon försöker gå åt sidan, men han, hon ser nu att det är en man med blå träningskläder och toppluva, han har också svårt för det där med avståndet, han springer nästan på henne. Ännu en gång svär hon till. Hon ser att det är grannen. En tredje person möter hon, en ganska gammal man på flakmoped med en stor labrador stående på flaket. Hon synar honom så noga hon kan när han åker förbi. Nej inte någon far inte. Nu är hon larvig, inser hon. Flakmopedisten hälsar glatt och mopeden skapar ett visst avstånd, men hon hör strax efter hur han nyser till. Ingen respekt för smittan. Hon springer tillbaka till sitt fängelse och stänger dörren noga och sköljer ansiktet och munnen med vattnet som hon hämtat i en hink. Det finns i alla fall avlopp i huset. Sedan lägger hon sig på sängen och bara andas.

Vilka avskum. Vill de medvetet smitta mig? Jag vill inte bli smittad nu. Ingen hänsyn till andra. Folk som bara vill visa upp sig. Hon stirrar upp i taket och andas djupt. Jag har tyckt att svenskarna var snälla och vänliga, kanske lite korta i tonen ibland, men det här tar priset, total brist på hänsyn för andra. Nu vill hon hem. Ryssarnas brännande kommer i en helt annan dager när hon jagar upp sig över dessa svenska män.

Hon fortsätter svära. Nu så upprörd att hon går upp ur sängen och går runt i rummet. På vägen råkar hon sparka till och välta vattenhinken, hon svär över sin olycka och sin onda tå. Sätter sig på sängen och gråter. Får torka på golvet och bereda sig på att hämta nytt vatten.

Hon måste komma till ro. Hon sätter sig vid sin dator och ska surfa lite innan hon börjar arbeta. Det finns inget Wifi. Som hon anade. Hon försöker koppla upp datorns internet via telefonen och det går trots att mottagningen är dålig men det blir extremt långsamt. Nå, hon måste koncentrera sig på sin uppgift. Det finns en lång lista över gårdar som förstördes. Det vore bra om hon kunde åka till alla. Så stor är väl ändå inte ön. Hon tar fram kartan och börjar märka ut dem från en lista hon har sparat i datorn. Hon sätter ringar och kryss med en röd tuschpenna.

Här i gruvsamhället brändes gruvgården och cirka trettio bostäder. Det är nog svårt att identifiera dem nu. Var de fanns mer exakt vet hon inte. Får nog ge upp det. Där mammas hus ligger var nog något för gruvan. Grunden är större än huset. Sortering av malm eller något sådant. På Trema brändes två gårdar, där var hon nyss, det kan hon skriva om nu. Hon ska göra det strax. Uppräkningen är lång men hon måste få detta gjort. Krokarna, det är där borta längst i norr. Kanske hinner hon dit, där blev också två gårdar nedbrända.

Edesnäs säteri lät Apraxins män brinna ned tillsammans med tre gårdar, det är strax söder om där kyrkan står nu. Det blir ett större kryss på hennes karta.

Vänsviken, på utsidan, där blev ett torp lågornas rov. De har verkligen gjort detta noggrant. Till Vänsviken hade de inte behövt ta sig för ett enda torp.

I Norrby ska det vara en gård som eldades upp. Nu blir det knepigt, allt är skjutfält nu för tiden där nere på södra ön och det är svårt att veta var husen låg. När hon var på biblioteket i stan hittade hon en karta över de gamla gårdarna i en bok som hon fotograferade av. Hon letar fram den i telefonen och jämför med listan över gårdar. Norrbyn är där kapellet låg. Alldeles vid nuvarande vägen. Sedan är det massa byar som nämns. Backbyn, Västerbyn, Nederby och Söderby. Alla dessa ställen ligger i en klump. Byle också nära de andra. Stora och Lilla Grundmar i samma trakt, liksom Ramsvik. Underskog kan hon inte hitta, men det står samman med Skogsby och den finns lite nordost från kapellet, i närheten av det som nu kallas Ryssnäset.

Puh, hon hinner inte besöka alla dessa ställen. Hon är överväldigad. Var ska jag börja? Vilka hinner jag? Trema, nåt i byarna. Vänta, det finns ännu fler ställen.

Hon tar en liten paus och sträcker på benen och går runt i rummet. Ryssarna verkar inte ha missat någonting. Utom kanske stugan vid viken då. Hon ser ut genom fönstret ut över ängarna bakom fängelset. Det står en man och bearbetar jorden där. Fantastiskt att något brukande har överlevt.

Stenvassa/Stentäppa var två gårdar som brändes på vägen till Hamnudden det är på norra delen av södra ön, där skjutfältets norra gräns går nu. Torpet Låg- eller Långtäppa strax intill.

Ute på en udde norr därom torpet Bakom. Stort och smått, allt skulle förstöras. Mellan byarna och Stentäppa Skräddartorpet.

Längst söderut i närheten av den stora sandstranden torpen Källviken mot Ålö och Långviken söder om Hamnudden. Hamnuddens torp längst ut vid havet.

Kapellet plundrat, inte bränt, står det. Juliya noterar det särskilt, någon slags pietet fanns det. Bogårdsplanket hade börjat brinna men kyrkan hade som ett mirakel klarat sig tack vare en rådig kyrkvärd.

Vilket arbete att bränna allt detta. Hus med människor, med kultur, med historia, allt förstört på ett par dagar. Vilken hänsynslöshet.

Kan hon hinna runt till flera av dessa ställen och dokumentera? Det blir ett hårt arbete. Hon stönar och våndas. Vilken dag hon haft. Nu som först börjar hon ta av sig ytterkläderna. Mössan med nässlorna saknas. Den blev kvar vid Rävstavik. Hon får komma ihåg att gå tillbaka och leta efter den. Hon har lite vodka i ränseln. Den behövs nu. Efter vodkan somnar hon till i stolen men vaknar av att hon skakar och svettas. Satan, hon har inte tagit sin spruta, hon har ätit för lite. Hon vänder upp och ner på ränseln och till slut hittar hon vad hon letar efter. Hon får fram sprutan och sticker in den med möda i magen, det är svårt eftersom hon skakar så. Hon domnar till men kommer snart på fötter. Hon borde tänkt längre. Hennes diabetes har ju knappt märkts när hon skött den, men nu måste hon vara försiktig. Hon har ett antal doser med, men eftersom hon har kommit på att hon har mycket mer att göra här på ön måste hon hushålla och framför allt äta ordentligt. Hon får gå på restaurang, det måste hon. Om de bara har öppet.

Det blåser en vind över vattnet
som skingrar dimman så väl
det viskar en vind genom björken
och väcker en gammal själ

det ror en galär över havet
med sikte på främmande kust
ska kräva och bränna och härja
med order från högsta ort

det längtar en bofast till torvan
där alltid han vant sig att va
vill bruka och slita och dra
vill älska och komma till ro

det löper en eld över landet
av sjukdom och jämmer och skri
vi tror att domedan kommit
vi lämnas ju aldrig i fred

dimman den lägger sig stilla
över vår ö än en gång
allt det gamla blir töcken
och bäddas till sömnig idyll

Jonas

Om morgonen väcks han av gälla kräanden mot en fond av annat fågelkvitter. Han måste vrida och vända sig innan han minns var han befinner sig. Han ser ut. På gärdet utanför fönstret är det mycket mås och trut som slåss om fiskrens som drängen måste ha kastat ut. Skomakarskär utanför Edesnäs är en plats där Jonas hört att fisket ska vara bra. Det verkar som om drängen i sin ensamhet inte håller ordning på dag och natt. Han verkar låta fisket styra och fisken kan nog gå till både på sena kvällar och tidiga morgontimmar. Fisk får det av allt att döma bli mycket att äta i dessa dagar, det har knappt blivit löv på träden eller blad på marken, våren är alltid senare här ute och något ur fjolårets förråd finns knappast kvar. Några levande kreatur har han ännu inte sett till. Några höns finns i alla fall. Det vore gott med ett par ägg.

Dörren slås upp och där står drängen med slarvig klädsel, ett halvt hängsle håller upp de tunna byxorna. Det sveper in en kall vind utifrån. Han har ett grötfat med sig och ett kokt ägg. Han klagar på ont i halsen. Det måste varit kallt i natt. Kanske är det vistelsen i Guds fria natur som gör att halsen svider. Det blir så ibland. Men spriten håller borta det där. Drängen håller upp en sup från pluntan i linningen i en av bleckmuggarna som står vid bordet och tar en själv.

«Det här är tyvärr allt jag har att bjuda», säger drängen. «Hoppas pastorn har haft en god sömn.»

Det måste Jonas hålla med om. När han liks somnade så sov han djupt. De jämnåriga han talat med, det är inte många bevars, har alla problem med sömnen. Efter ett långt liv ska man inte sova bort morgnarna, brukar de skoja. Han sover gott för det mesta än så länge trots allt han har att oroa sig över, trots tidens oro. Han vet med sig att han drömde men kan inte komma ihåg något.

När han äter gröten funderar han på vidarefärden. Det är säkert över en fjärdingsväg kvar till kapellet. Det tar minst någon timme att gå. Han vet inte, han har aldrig gått till fots den vägen förut. Det är lika bra att ta sig dit även om han inte vet var hans gepäck är eller om Wollrath är där. Han äter upp och sköljer munnen med det sista brännvinet och ger sig av. Det är motvind, stadig och ihärdig är den. Det har blåst upp ordentligt, han hör havet tydligt fast han inte ser det. Stugorna längs vägen verkar alla övergivna.

Efter ungefär en halv timme hör han en vagn dragen av en häst som närmar sig bakom honom. Han vänder sig om och ser en kvinna med huckle och en yngre man. Snart ser han att det är Wollraths fru Sofia och sonen Gabriel som sitter på kuskbocken. Hon ler och pustar ut när hon ser honom. Det lilla runda ansiktet spricker opp och den späda kvinnan stiger av för att hälsa på honom. Gabriel som är mycket längre än sin mor sitter kvar och håller tyglarna. De ber honom sitta upp där mellan dem, det är trångt och skumpigt men det går undan. Hon berättar att kapellanen blivit sjuk och att hon och Gabriel fått ta ekan, trots att det blåste ordentligt i gattet mellan Ornö och Utö. Det gick hyfsat så länge de kunde gå längs insidan av Marbäling och Långbäling. Sedan tog vinden dem plötsligt. De höll på att kapsejsa strax innan Järnholmssund.

«Där lär det vara mycket blindklippor och brytande grund», bryter pastorn in.

«Där åker min man ofta», säger hon. «Jag försökte att inte gå in i själva sundet utan höll mig på insidan, men vi fick en redig kastvind där, den kom från hålet norr om Utö. Jag höll rodret och Gabriel slog, seglet nådde vattenytan innan vi fick upp henne igen», säger hon och klappar pojken om ryggen.

I gruvan hade de fått låna vagnen. När han frågar säger de att de inte sett till hans packning.

«Johannes har väl inte fått … « säger han.

Sofia skakar på huvudet. «Vet inte vad det är», säger hon. «Mer åt magen till. Det ordnar sig.»

«Vet Sofia», säger han.» Jag drömde om min mor i natt. Om hennes eftermäle. Hon var en betydande person i min dröm. Många berättade om henne, hur hon räddat folk och varit gästfri. Jag vet inte varför. Jag såg Närkeslätten med dess rikedom. Din och min barndoms trakt. Varför kommer de sedan länge döda till en nu när den egna döden är nära? Som om tiden inte fungerar på vanlig sätt.»

Hon svarar inte på det.

Nu går det undan och snart är de vid kapellet. Det ligger på en höjd vid vägen, en låg byggnad med två kors på taket, ett vid varje ända. Klockstapeln är målad och hög, tillsammans med kapellet är där en klar centralpunkt för byarna. Kapellet ligger i Norrbyn och uppåt Mysingssidan finns Skogsbyn och nedanför mot Byviken finns de flesta andra gårdarna med sina bynamn. Här bor torpare och bönder medan fiskarna, alltså de som har fisket som huvudnäring, har sina stugor närmare vattnet.

Längst bort i byarna mot Ålö ligger den smala Byviken. Detta är ett fint stycke Sörmlandsnatur och skärgårdsnatur, tänker han. Men nu ligger nästan alla marker öde och det har inte bara med våren att göra. Det finns knappt några människor. De välskötta husen står som de alltid har gjort med sina torvtak och en eller två vitmenade skorstenar. Breda takfoder och en liten förstutrappa. Inuti är de ryggåsstugor där man kan se takvirket och bjälkar, stora rum där nästan allt det dagliga sköts. Fähus och uthus därtill av enklare konstruktion.

Han minns olika tillfällen då han har besökt bönderna här och suttit nära brasan för att trösta en änkling eller hälsa ett barn välkommen. Om vintern flyttas alla möbler närmare elden för att huset blir för kallt nära ytterväggarna och människor bara kan bli varma närmast brasan. Där försiggår allt, måltider, handarbete, samtal. Så här års börjar man gå ut och sätta fart på verksamheten.

De tar en liten tur förbi bebyggelsen ned mot viken. Utanpå husen kan man inte se all död som svept fram. Pesten märks på bristen på aktivitet. Byviken ligger blank och öde. Inga båtar ilagda. Han ser över mot Ålö, den ön som bara är ett stenkast bort tillhör Ösmo, eller som man sa förr Ödesmo församling. Likadant där. Inga ute på fälten.

De åker vidare mot fiskartorpet vid Källviken. Tomma hus. Fiskarstugorna lite enklare och mindre, mer utsatta för sol och vind. Ställningar för nät och ryssjor. Båtarna står upp- och nedvända som på vintern. Näten inte uppsatta. Ganska dött där också. På vägen tillbaka ser de att det i alla fall kommer rök ur ett par skorstenar.

«Mats», frågar han. «Mats brukar alltid komma och möta. Kanske vet han inte att jag skulle komma. Vi kanske ska gå upp till Storbyn först och höra efter?»

«Han också», säger Sofia och böjer ned huvudet. «Han också. Vi har mist vårt stöd.»

«Är han, det är inte möjligt.»

«Tyvärr är allt möjligt.»

I normala fall hade Mats Jönsson, den bonde som var kyrkvaktmästare mött dem. Han är inte där. Plötsligt får pesten ett ansikte. Ett kärt ansikte. Mats lever i prostens minne. En blid men ordningsam man med gott om barn. Två har han själv begravt, hur har det gått med de andra? Han darrar. De har väl inte? ... Så många frågor. Han ber en stilla bön i sinnet. Det är fullt med kors på en åker. En hel skog med kors. Han börjar räkna dem men tappar snart räkningen. Han korsar sig. Vad ska han göra? Han snorar och tar fram duken och snyter sig.

Sofia tar fram den stora kapellnyckeln. Låset och dess nyckel har smitts på ön. De går in i kapellet. Det är lika fint som det var senast han såg det, innan pesten slog till för fullt. Det är nu mer än tio år sedan han såg till att starta den insamling som gjorde att kapellet kunde rustas upp och byggas om. Fiskarna och bönderna hade inte haft råd att underhålla det lilla kapellet. Han kommer ihåg att han skrev till kungen om detta i början av 1697. Till den gamla kungen innan han dog. Det stora arbetet han la ner på kollekten gav för lite, trots kungens stöd.

Han minns att byggmästare Jan Jöransson inte var så lätt att pruta med. För timrande och taktäckande tog han över trehundra daler. Mer än vad kollekten gav, till det kom inköp av bräder i Stockholm och dessutom ersättning till en snickarmäster Classon. Genom att tömma det man hade i ladorna samt stöd från församlingsborna kunde de i alla fall bygga det fina kapellet med sin klockstapel och med sina enkla omålade väggar, sin lilla predikstol och sitt votivskepp. Sedan dess har Wefverstedt hjälpt till med en läktare och en båge över predikstolen och kapellet har blivit tjärat och rödfärgat. Nu står det till slut rätt så grant. Det kan byborna inte klaga på.

De går in, lite högtidligt är det. Han går ända fram till det lilla koret med korset, han knäböjer och ser upp mot krucifixet och den lilla Kristusbilden. Han knäpper händerna. Gabriel går ned bredvid honom och läser högt Fader Vår. Prosten ber för alla de döda. Helst vill han i denna stund vara ensam med sin Gud.

Han är angelägen att få se kyrkoboken. Sofia har tagit fram den från det lilla skåpet där det också förvaras psalmböcker och biblar. Han sätter sig bredvid kapellanshustrun som slagit upp boken på den sista sidan som har text, där står de döda och begravna 1710. De sitter nära varandra och han känner hennes värme. Det är inte obehagligt. Hade han inte varit gift när han kom till Österhaninge hade den vackra och fromma komministerdottern kanske varit något för honom. Dessa ogudaktiga tankar kommer över honom bara för att han mitt i denna ödsliga frånvaro av medmänniskor möter lite mänsklig värme. Boken är prydligt förd även om det inte står vem som dött av just pesten. I Österhaninge har de varit noga med att ange det särskilt.

«Präktigt präntat», säger han. «Ser det likadant ut på Ornö?»

Sofia svänger sig och vet inte hur hon ska svara. Det är kyrkvaktmästaren som fört den här boken men på Ornö finns inget fört. Hon harklar sig och säger inte mer. Han bläddrar. Så många sidor med döda. Han håller armarna om huvudet och suckar. Sofia klappar honom på huvudet. Där står Mats i boken, där står hans barn.

«Det har varit så fruktansvärt», säger hon. «Johannes har haft fullt upp med begravningar var gång han varit här. Tjugo åt gången, ibland ännu fler. Ornö nästan likadant. Han har flackat fram och tillbaka med båten oavsett väder. I vintras bar isen i alla fall, då kunde han ta den lilla vagnen, den har också fått göra tjänst som likvagn.

Bäst var det vintern i förfjol, den var så kall att fisket fick ske genom vakar i isen även på havssidan av öarna, då kunde man åka obehindrat mellan öarna, så har det inte alltid varit. En gång i vintras, vet pastor Grimsten, gick Wollrath i vid Långbäling, gick rakt genom isen. Hur han kom upp vet ingen, inte ens han själv. Han var så kall och blöt när han kom hem, fick hög feber och nös och var eländig i veckor. Men begravningarna måste ändå fortsätta. Likpredikningarna fick hållas korta, det var knappt han klarade det. Och vaktmästaren fick se till att hålla liken kalla och isolerade här på Utö, efter bästa förmåga mellan gångerna han var här.»

Nu är det Jonas som håller om kapellanshustrun.

Han harklar sig och ser i boken igen. «Det är sex tättskrivna sidor för begravna på Utö 1710 jämfört med ungefär en halv sida vanliga år», konstaterar han myndigt. Han börjar försöka räkna dem men ger upp halvvägs när han passerat hundra.

«Hur många bor det här ute», frågar han.

«Bodde. Jag vet inte, det var många i gruvan då som nog ingen hade räkning på. Alla torpen. Kanske tjugo-tretti av dem. Lite drygt ett hundratal personer. Kanske två hundra. Inte många fler än det. Jag vet inte.»

«Många som Sofia kände antar jag? Av de döda menar jag».

Hon nickar.

«Se här», säger han. «David Ekebohms änka, hustru Britta Eriksdotter, dito son Erich 9 år, dito son Carl 6 år, dito dotter Annica 11 är och dito en till vars namn inte är inskrivet. Alla begravda på samma dag. En hel familj utraderad. Man kan bara tänka hur det var. Kanske något barn som blev kvar till sist. Så fruktansvärt. Kände hon dem?»

Sofia nickar och snörvlar till.

«Eller här», säger hon. «Jag minns det väl. Han var uppriven efteråt. 16 stycken den 18 september i fjol. Läs här:»

Och han läser «alla döde af pestilentien och på en gång begrafne af Johan Wollrath. Gud ware oss alla nådeligh och af wånda», tror jag det står. Han borrar in sin tumme i boken. Och så: «detta swåra synda straffet hos Jesu Christ.»

Han mådde inte bra redan när han kom till ön. Nu är det värre. Hon ojar sig och han stryker henne över handen. Hon drar bort den.

«Vad står det här längst ned på sidan?» frågar han och tar tillbaka boken.

«Få se», hon tar åt sig boken igen. «Ja det var svårt att läsa. Det är någon annan som skrivit tror jag. Ytterligare femton, sexton stycken som dog av pesten och begravdes i en sandbacke, tror jag att det står. Inga namn.»

Han suckar djupt, kliar sig om magen, kryper samman. Så där får det inte gå till. Han vill skrika, så rosenrasande blir han.

«Vid gruvan, står det inte det? Jag såg en sandhög där i en backe. Men det skulle väl ha varit åtminstone ett träkors eller hur? Wefverstedt ville bara gå förbi där. Stackars satar. Har de inte ett likhus där för de döda, men det är rätt, begravning snabbt mot smittan. Men så ogudaktigt. Hur blir det med frälsningen för dem. Vi måste be för dem.»

«Och vi behöver ordna skaffning för vi lär bli kvar här i natt. Vart tog Gabriel vägen? Om jag bara hittar honom ska vi nog kunna fiska något. Det börjar komma små skott i skogen och på alla tomma täppor. Det ordnar sig.»

Nu är han ensam, tar den stora kyrkboken under armen och ger sig fram till altaret. Han vet inte hur han ska bete sig. Går i alla fall ned på knä. Han snyftar, han gråter. En gammal gubbe som låter känslorna strömma ut. Hur ska han kunna klara detta, hur ska han kunna hjälpa till. Han borde varit här ute när alla dessa dödsfall inträffade och hjälpt Johannes. Många öbor fick gräva gravar för att bara själva hamna i jorden strax efter.

«Gud», säger han. «Herre Jesus Kristus, vi kan inte förstå att så många fått lida. Kan vi bli förlåtna för våra synder att vi inte kunde hjälpa dessa stackare som var så sjuka. Hur ska vi någonsin kunna få förlåtelse. Jag lärde allt om teologi vid mina studier i Åbo, men inget om hur en stackars människa till präst ska kunna förstå och förklara detta oerhörda och framför allt inte hur man skall underhålla sakramenten i dessa tider. Här har de skändats å det grövsta. Varför kunde inte en äldre man som jag fått gå hädan istället för dessa unga starka lovande. Vår herre har rensat hårt i landen och det har förstört för lång tid. Hur ska någon kunna fortleva på denna ö?»

Så där håller han på en lång stund. Han slutar när Gabriel kommer in och berättar att de hittat tillräckligt till middagen.

«Kan du hjälpa mig att ringa i klockan?» frågar prosten. «Jag vill gärna göra en ceremoni för de döda utan namn, de 15 till 16 stycken som begravts i en sandbacke.»

Gabriel ringer och prosten hittar ett band som han tar som en stola över axlarna och läser några ord över de döda. De levande som går ute på sina ägor tittar upp. Det ringer i klockorna, är det en ny begravning, är det ett förebådande av något slag. De vet inte vad de ska tro.

Sofia har dukat upp och det blir en utsökt måltid. Det enkla är ofta det bästa. Hon har snott ihop skott av allehanda slag, från krydd- och grönsaksväxter och även granbarr som visar sig passa utmärkt till den gös som Gabriel fiskat. Något dricka har de inte funnit, men det finns gott om nattvardsvin och de dricker lite av det. Gammalt kanske men fullt drickbart. Kanske inte enligt reglementet. Sedan firar de skymning under tystnad. De ber kvällsbön samman och går sen till kojs, det finns två små fållbänkar i rummet och Gabriel sover ute i farstun där det står en kortare bänk som han får halvsitta och sova i. De pratar på, de två, Sofia och Jonas. om allt möjligt pratar de, länge ligger de där i var sin ända av det lilla rummet innan hon släcker det lilla ljus som hon hittat och det tar en stund därefter innan de tystnar. Han skulle vilja hålla om henne men han undertrycker sin lust att krypa över till henne. Så kan han inte göra mot Wollrath.

Sedan ligger han länge vaken och lyssnar på hennes andhämtning. Den skapar någon slags trygghet ändå. All död gör honom förtvivlad och tvivlande. Det är inte utan att han tänker på sin egen död också. Sextiofem är en aktningsvärd ålder och han kan väl inte ha så långt kvar. De sista åren har han svällt ut och fått problem med benen. Han har blivit rödare i ansiktet och kal på huvudet. Det är tidens gång, även om han sover gott får han ofta svettningar om natten och ryckningar i benen. Dessutom måste han urinera stup i kvarten, ålderdomen har sina problem. Ännu har han dock kvar lusten och kraften att fullgöra sin äktenskapliga plikter. Han har inte blivit som en munk. När Maja är med på det. Han hoppas på en lugnare död än den dessa pestsjuka tvingats till. Vår herre är ibland outgrundlig.

Sofia snarkar till och han hör hur det börjar smattra på taket. Ett gräsbeklätt tak, är det väl, ändå smattrar det. Han somnar till, men vaknar lika fort och måste ut för att göra sina behov. Han återkommer dyngsur men har inget annat val än att hoppa ned i den ganska kalla bädden med blöta kläder. Nu somnar han i alla fall och sover djupt.

Alla dessa döda
som ska grävas ned
och hämtas upp

vad kunde jag ha gjort mer?
frågan som ställs efteråt
när det inte finns mer att göra.
för denna gång.

när ska jag ställa frågan nästa gång
till mig själv och andra

alla dessa djur
oberörda av våra plågor
som vi struntar i deras

vi håller avstånd till liven
för att behålla vårt
och inte överbelasta andra

vi kryper nära våren
hoppas få vara ensamma med den
något att hålla om

Juliya

På morgonen lyser solen men det är iskallt när hon ska ut för att kissa. Utanför dasset står en stor skugga. En älg har parkerat sig precis framför dasset. Hon sätter sig utanför huset. Fort upp med byxorna. Hon smyger försiktigt in i huset igen. Hon vill inte provocera den och hon vill inte att grannen ska ställa till med massa ståhej.

De små gamla elelementen är glödheta och hon har haft det mycket varmt under natten i fängelset. Hon vågar först inte gå ut igen för att hämta vatten av rädsla för älgen. Hon gör så gott hon kan med vaskandet och sminkningen med det lilla vatten som finns. Sedan beger hon sig ändå ut. Älgen står kvar. Grannen har kommit ut på sin lilla förstutrapp och hoar och klappar händerna men älgen flyttar sig inte. Långsamt och försiktigt tar hon sig fram till cykeln och ger sig iväg, uppför den lilla backen förbi gruvhålen och de kanske hundra metrarna till värdshuset, som ligger i gamla byggnader som en gång använts för gruvan.

Frukosten är dyr. Svindyr för en fattig rysk forskare. Hon måste dra ned på sin vistelse på ön, det är uppenbart. Det går väl inte att få tag på insulin och pengarna kommer att ta slut. Kanske kan hon klara fyra dagar. Hon måste göra en plan. I värdshusets stora huvudbyggnad har de bordsservering av frukosten och gästerna anvisas till platser långt ifrån varandra. Det finns handsprit på flera ställen. Hon sätter sig ensam i ett hörn i ett av de mindre rummen med utsikt över den gamla smedjan, som nu är något slags uppehållsrum för sådana som har med matsäck.

Det är fint här. Hon ser fjärden till höger nedanför backen med vyn in mot fastlandet. Det glittrar där från solen som kommer från havssidan och belyser vattnet långt ut. En vit skärgårdsbåt är på väg in. Hon får gröt och te som faktiskt står i en samovar som saknar sin ena pip. Det var väl den hon hittade. Så mycket var hennes fornfynd värt. En gråhårig kvinna, kanske i sextioårsåldern, kommer och sätter sig i motsatt hörn kanske en fem meter bort. De pratar så gott det går med långt avstånd och på bruten engelska. Det visar sig att kvinnan bor på ön och har kommit till värdshuset för att hon vill ha en ordentlig frukost och bli serverad av andra.

«Jag vill träffa folk», säger hon. «Coronan tar knäcken på mig annars.»

Hon berättar också att hon guidar folk runt ön och de kommer överens om att hon ska visa Juliya några av de ställen som har bränts ned. Kvinnan har en jeep och munskydd i bilen. De kommer överens om att åka en sväng direkt efter frukosten, Juliya ska sitta där bak med munskydd och hennes guide fram.

«Jag har en timme, hoppas det är OK», säger hon när de sitter i bilen. «Har du listan över de brända gårdarna, det är väl dem du vill se? Annars kan jag visa ryssugnar om du vill. Du vet, stenugnar som finns på olika ställen där de ryska soldaterna var förlagda. Det finns vad jag vet inga rester av förläggningarna men ugnarna finns kvar.»

«Jo, ryssugnar har jag sett fler, men visst. Rånö vore intressant också, där hade Apraxins styrkor ett stort läger.»

«Dit måste du ta Waxholmsbåt från Ålö. Jag tror vi ska mot skjutfältet idag, där finns eller fanns de flesta gårdarna på din lista.»

Hon nöjer sig. Kvinnan pratar på och hon ligger lågt. De stannar till på vägen och guiden drar iväg upp för en backe för att visa en ryssugn. Några stenar som bildar ett tomt litet rum där man eldat och så ställt grytorna ovanpå. Juliya frågar om man gjort utgrävningar för att finna rester av ryssarnas läger. Inte vad guiden vet. Juliya nosar runt lite på berget och i skogsdungen. Mest granar, då handlar det om flera generationer träd sedan

1719. Ekar kunde stått längre. Svårt att hitta något. Men arkeologiska utgrävningar av platser kring ryssugnar kanske hon kan föreslå i sin avhandling.

Solen skymtar fram i en reva i molnen och det blir snabbt mycket varmare. De fortsätter med en rivstart ned i riktning mot den vita artonhundratalskyrkan förbi nya hus som ligger utspridda i backarna. Kyrkviken ser väldigt intagande ut. Det är mycket fågel där ute. Snart är de vid Spränga och kvinnan visar platsen för Edesnäs säteri som fanns här 1719. Idag finns inget säteri, men ett stort rött hus som kan ha varit byggt på 1700-talet, säkert efter 1719.

«År 1719 var det greven Claës Ulfsson Bonde som regerade på Utö», säger guiden som har gått över till att entonigt avleverera det budskap hon brukar ge.

Juliya kan inte, vill inte stoppa henne. Kvinnan är så inne i sin roll att hon inte låter sig störas av några flakmopeder, som parkerar strax intill där de står, eller av skramlet från bykrogen strax intill. Hon får dra sin harang. Kvinnan har en del problem med engelskan ibland, men det är bara bra tycker Juliya, eftersom det att hon söker efter orden gör att det i alla fall blir någon paus i ordflödet. Juliya får mycket lite tid att tänka själv. Hon vill reflektera över platserna, fundera på hur det kunnat vara just där 1719. Hon kan inte låta bli att tänka sig mamma på de olika platser de åker förbi. Hennes dubbla historieletande hindras av mässandet.

«Sakta men säkert hade en rad adelsfamiljer tagit över gård efter gård och samlat dem under Edesnäs säteri mitt på ön», fortsätter kvinnan, «tills hela ön låg under samma herre. Småbönderna och torparna var nu satta under förmyndare, de skulle leverera till Edesnäs när det krävdes. Men de flesta hade fullt upp med att klara sin egen brödföda. I sitt brev till undersökningskommissionen som är daterat den 5 oktober 1719, skriver greven att fienden anföll Utö den 16 juli och brände allt och tog alla kreatur och lös egendom. Förutom sätesgården Edesnäs med alla dess byggnader samt sjö- och åkerredskap förlorade greven all skog, som var det han hade mest nytta av på Utö med många kilometer gärdsgård, tolv gårdar och nio torp.

«Vänta nu, var det nio torp? «Juliya ställer frågan men viftar så avvärjande med handen.

«Nå, vid Storhamn, längst ut på Hamnudden, fanns enligt uppgift sex till åtta fiskebodar sedan 1500-talet och där ska det ha förstörts mycket. Husgrunderna fanns kvar.»

«Dit vill jag nu», avbryter Juliya. «Det verkar ett bra ställe att dokumentera. Min mamma har nämnt en udde på skjutfältet där hon badade och satt och tittade över havet. Långa sandstränder talade hon om. Kanske är det där.»

Jonas

Om morgonen smyger han ut före de andra. Han går uppför en backe söder om kapellet och kommer upp på en berghäll i skogen, där det öppnar sig mot vattnet och han kan se Gimmersundet och Byviken.

Den långsmala viken ligger alldeles blank i den svaga morgonsolen. Han blickar ut över vattnet och ser den stora eken på Ålö på andra sidan. Ett par knipor har full parningsdans på vattnet. Den lilla brunhövdade honan flyger skriande och hanen med sitt grönsvarta, rundare huvud med stora vita fläckar flyger efter. Han kan till och med se deras guldglänsande ögon. Ett par svanar har vaknat längre bort och åker som stolta segelskepp framåt längs vattenbrynet. Det börjar grönska och spira i allt som vår herre skapat. Han glömmer nästan att han är här för att följa upp pestens härjningar.

Han står där länge. Då hör han ett kraftigt ljud i ett träd, en hög tall. Han förstår först inte vad det är. Så ser han. Två havsörnar håller på att bygga ett bo. Det är en märklig syn, stora ljusbruna fåglar där den ena kommer med kvistar i näbben och den andra står och stampar med sina stora kloförsedda fötter. Så nära. Han står helt stilla för att inte störa dem men börjar då att frysa. Han håller händerna om kroppen och skyndar huttrande tillbaka.

Frukosten består av resterna från gårdagen med ett ägg tillagt som Gabriel varit ute och tagit ur ett bo.

«Ni har haft nio månaders elände, en mara förstår jag», säger Jonas. «Jag är stolt över er, att ni klarade det. Begravning på begravning och så själavård på det.»

«Själavård», suckar Sofia. «Hur ska man orka trösta och bara finnas till för alla änkor och änklingar och föräldralösa barn och barnlösa föräldrar? Hur ska man kunna sprida evangeliet? Hur ska man orka att ens vara människa? Jag är rasande på den där sjukdomen när jag ser vad den gör med människorna. Det lägrar sig en sorg och ett missmod och samtidigt en stor misstänksamhet över hela bygden. Hur smittar det och varför, det är sånt folk funderar över och som vi antagligen aldrig får svar på. Och om detta är Guds straff.»

Jonas suckar och snörvlar och hon fortsätter.

«Folk är utom sig av oro. På Ornö mötte jag pesten första gången. Jo, den finns där med. Det var som värst i höstas. I kyrkan mitt under gudstjänsten var det en som reste sig upp och skrek att han hade fått en böld. Han bara rusade ut. Sedan fick vi höra att han hoppat i sjön.»

«När det är lugnt och alla andas ut kommer ibland en andra våg har jag hört», säger prästen. «Vi måste vara beredda på det.»

Han tar fram kyrkoboken igen och bläddrar på måfå, så får han syn på något som gör att han synar boken noggrannare, håller huvudet när boken så att hans allt svagare ögon kan se tydligt. Han är vid juli 1710. Nio månader tidigare. Han håller fingret och hon läser högt.

«Perno», säger hon. «Det står Perno här, det måste vara Pernau i Estland. En död därifrån redan i somras. Var det inte därifrån den där båten kom till Stockholm med de första sjuka?»

«Så var det. «Det förklarar en hel del, att det kom folk från Pernau hit.»

«Vad skulle de här att göra?»

«Vad vet vi», suckar Jonas. «De flydde för att inte vara där när ryssen kom, tror jag. Om detta nu var enda smittkällan.»

«Vad vet man, landet saknar ju ledning.» Nu är det Gabriel som lägger sig i.

«Det hade väl inte varit bättre med kungen på plats, vad hade han kunnat göra?» säger Sofia. «Han vann massa segrar i alla fall, det kanske han kommer att göra igen.»

«Han förlorade allt i Poltava och i Perevoltjna», säger Jonas. «Krig är allt för honom. Ryssarna lär nu ha tagit hela Estland och Livland och dansken har Skåne. Det har jag hört. Vart ska detta leda? Jag är satt att försvara konungen. Det blir allt svårare.»

«Han avskaffade i alla fall den tokiga idén med en särskild svensk kalender», säger Gabriel. «Befängt att tro att det skulle finnas en särskild svensk tid. Storhetstidens storhetstro. Det kan vara slut nu.»

«Många av de beslutande i landet är så svaga, tvehågsna och veliga», säger Jonas.

«Vi får hoppas att vår konung snart kommer åter och reder upp allt», säger Sofia.

«Jag tror det när jag ser det», svarar Jonas. «Han är mycket konstig vår kringridande kung som inte ens kan gifta sig. Och pesten, kan han inget göra åt.»

«Men nu måste landet återuppbyggas och fienden stoppas», säger Gabriel. « Jag kanske ska satsa på att bli fältpräst. Hjälpa soldaterna.»

«Nej, Gud bevare oss», ropar Sofia.

«Du ska klara dina studier först», säger Jonas. «I fält finns allehanda sjukdomar. Pesten är bara en. Förresten har Gabriel hört om de har pest i Strängnäs?»

Juliya

«Hamnudden», säger guiden. «Vi hinner inte både till byarna och Hamnudden. Jag har annat att göra också.»

Kvinnan har tröttnat på Juliya, det är uppenbart. Hon måste bestämma sig. Hamnudden längst ut mot havet där hon kanske kan få se hur kargheten verkligen ser ut, ensligheten i ett gammalt fiskehemman. Kapellet och byarna måste hon till men kanske kan hon cykla dit imorgon. Hon velar och kvinnan glor mot henne, lite överlägset tycker hon.

«Hamnudden», säger hon till slut. «Jag kommer nog inte dit utan din hjälp. Det andra får jag ta en annan dag, senare.» Kvinnan kör en bit längre och svänger av, in på skjutfältet. Där finns skyltar om att tillträde är förbjudet vid skjutning. Varning för minor och flera andra förmaningar som Juliya inte hinner se.

«Du har tur, de skjuter i morgon», säger kvinnan när hon drar på med jeepen genom det märkliga landskapet. Då är det hermetiskt tillslutet. Man måste akta sig för gamla minor nu också.»

Juliya vet, sådant har hon sett på många håll i både Ukraina och Ryssland. Där är det krig. Här bara på låtsas.

«Det har varit odlad mark på sina håll», fortsätter guiden. «det kan man se, men här finns också hål efter krevader och sönderskjuten skog.»

«Övar de på hur de ska skjuta ryssar», säger Juliya halvhögt och den andra kvinnan skrattar till.

«Visst. Vill du vara måltavla?»

«Vad hemsk, du är. Kan du inte berätta något om vilka gamla gårdar vi åker förbi.»

«Du menar för att du vill se vad som brändes. Nja, här uppe låg inte så många gårdar eller snarare torp, längre söderut var det flera.»

Nu syns vatten, en smal vik och några öar där viken vidgar sig mot havet.

«Vi kommer nu förbi där Stentäppa låg eller kanske det hette Stenvassa då», fortsätter kvinnan. «Där ovanför på en avtagsväg mot skogen låg båtsmanstorpet Sandvreten där båtsmannen som hette Frimodig bodde på byns bekostnad. Det var skräddartorp också, han hade dubbla jobb den där. Frun bidrog väl och barnen.»

«Kan vi inte ta av dit?»

«Det har vi inte tid till, lugna sig hon. Men jag kan stanna lite här vid Stentäppa om du vill.»

De stannar och Juliya får se var de gamla husgrunderna stod.

«De utnyttjade strandängarna för bete. Ibland såg de sjöfrun, särskilt när det var disigt över viken, det var det ofta både höst och vår. Sjöfrun var lätt att föreställa sig när det var dimmigt här. Många trodde på henne.»

Det mesta av dimman har lättat i dag men lite dis finns kvar i sänkorna, Juliya stänger ögonen och ser hur sjöfrun stiger ut ur ångorna. Hon är ute efter att mjölka kreaturen som går nära vattnet. Juliya måste leva sig in. Kvinnan avbryter henne, vill vidare. Nu åker de genom en skog. Under tiden berättar guiden vidare om 1719. Rabblar igen.

«Hela gruvområdet plundrades, skövlades och brändes, men det värsta var kanske att ryssarna gjorde vad de kunde för att ödelägga verksamheten för framtiden. Den malm som låg vid bryggorna vräktes i sjön och gruvhålen fylldes med sten. Ett enormt arbete som måste ha tagit lång tid för många starka armar och ryggar. Inspektören vid gruvan, han hette Wefverstedt, drabbades av en enorm personlig förlust.»

«Är det där verkligen sant?» frågar Juliya. «Ryssarna begav sig ju vidare ganska snabbt eller hur. De kan ha gjort en del av det där men alltihop. Nej, det verkar överdrivet.»

Kvinnan suckar och fortsätter. «Det sägs att hela Utö var övergivet när ryssarna kom, det fanns bara en gammal gubbe kvar på ön och som det står i en gammal uppteckning en rumplös kviga. Alla föremål av guld och silver som fanns på ön samlades ihop och lades i en stor kittel som sedan sänktes i ett kärr i Tremaskogen.»

«Av vem», frågar Juliya. «Har man hittat det?»

Hennes guide svarar inte på den frågan utan fortsätter bara.

«Några dagar senare ska det ha krupit fram en medtagen gammal gumma som hade gömt sig i en av gruvgångarna och var nära att dödas när de välte ner sten i hålet. En liknande ödeläggelse, men naturligtvis i mindre skala, upprepades på de mindre öarna. De ryska soldaterna hade säkerligen händerna fulla på Utö i många dagar. Det uppges i alla fall att Fjodor Apraxin kom till Rånö dagen efter Utö, alltså den sjuttonde juli. Enligt vissa källor fanns ryssar kvar på Utö under flera veckor och några sägs ha blivit kvar även efter att galärflottan hade återvänt till Åland. Det finns ganska gott om ryssugnar som vittnar om deras besök.

«Jag vet inte vad jag ska tro. Så här har jag hört och forskat fram: Under några dagar i mitten och slutet av juli skedde hela anfallet mot södra skärgården. Den femtonde juli gick Apraxin mot Baggensstäket. Den sextonde nådde han Utö, den sjuttonde säger du Rånö. Den tjugoförsta Södertälje där de slogs tillbaka, den tjugotredje brann Trosa och senare samma vecka också Nyköping och Norrköping. Det är svårt att få detta att gå ihop med att de var länge på Utö.»

«Det var väl många skepp, mycket folk.»

«Jo visst», svarar Juliya, «en jättestyrka även om den delats i två tidigare. Fast det verkar lite för ostrategiskt. Och fortfarande har jag inte förstått varför denna grymhet.»

«Galärerna letade sig in i vikar och sund och rövade först allt som var användbart, värdefullt eller ätbart. Sedan slogs allt som inte var brännbart sönder och slutligen satte man eld på byggnaderna.

Nu har de kommit ut ur skogen och ett landskap med hällar öppnar sig med vatten på tre sidor. Små vikar med mycket sjöfågel och ett större antal som sträcker längre ut på väg norrut. På flera håll stupar klippor brant ner i det mörka havet. Vägen har bitvis varit mycket smal och knappt farbar, det var tur att de inte fått några möten. Kvinnan förklarar att fiskarstugan låg i en smal sluttning mot havet med gaveln söderut mot havet, för att vinden inte skulle träffa hela huset med sin fulla kraft.

«Storhamn då», frågar Juliya.

«Vet inte var det var precis. Längre ut med små fiskarstugor.»

«Det vill jag också se.»

De ger sig runt på vandring över den stora halvön.

«Här kanske», ropar hon till kvinnan som kommit på efter-kälken.

En vik med en hel del vrakgods och mycket klappersten öppnar sig. Ett par bunkrar från kriget. Några mer fyrkantiga stenar som kan vara del av husgrund.

«Vad vet jag», säger kvinnan när hon äntligt kommit ikapp.

Nu sitter de tysta och ser ut över havet. Ser mot horisonten även om det idag är så disigt att det grågröna havet går över i en grådisig himmel utan någon skarp gräns. Långt borta står en fiskare och verkar satsa på lax. Ett långt spö, rejäla doningar. Det har börjat regna kraftigt och utanför är det nu massivt grått. Så tränger solen igenom mellan två moln och ljuset sprider sig, det blir en grågul färgskala. Juliya springer ut i regnet som nu har avtagit en del, det är regn och sol samtidigt. Det är kallt och underbart och vackert. Här ute har de kämpat med elementen, fiskat och rott. Juliya tar mängder av foton. Hon bryr sig inte om att hon blir våt.

«Tack», säger hon. «Tack för att jag fick komma hit. Det är som ett paradis.»

«Det var väl ditt eget beslut. Paradis tyckte nog inte fiskarna då. Fy vilket slit det var. Och så fick de börja på nytt efter rysshärjningarna, ön återbefolkades inte på flera år, men det kanske du vet.»

«De hade säkert bott här länge innan det. Kanske i flera generationer», konstaterar Juliya.

«Du menar innan dina landsmän kom. Vet inte, de allra flesta togs ju av pesten mindre än nio år tidigare. Det kanske var helt nytt folk här. Paradis, det vete fasen», upprepar hon, «fisket härutanför var fritt på den tiden och det var mycket stockholmare och kustbor, till och med ålänningar som var här och håvade upp havets guld.»

«Var det så många som dog i pesten?»

«Ja nån har skrivit att det var ungefär hundrafyrtio. Men ingen vet säkert. Jag har försökt räkna, jag tror det var fler, hundrasextio eller fler.»

«Hur stor andel av de som bodde här?»

«Mer än varannan, inte alla men nära på. Kanske tre fjärdedelar eller mer, nog mer ... «

De tystnar. Nu känner hon sig genomvåt. 1710 kom pesten och så 1719 Apraxins flotta. Två slag på så kort tid. Ödesår verkligen. Ofärdens år. Hon huttrar och går tillbaka till jeepen fast solen nu lyser klar.

Vågorna brusar på utsidan, glittrar i solen på insidan,
de vräker sig mot urberget och gröper ur sten och
jord.
Skär in i mina sinnen.

Jonas

«Jo, visst är det pest i Strängnäs.» Gabriel vet att berätta. «Som i Stockholm tror jag. Kanske tvåhundra döda.»

«Det har väl spritts med sjötrafiken, med båt från Stockholm. Kanske också via landvägen. Tur för er att det inte kommer båtar från Baltikum in dit», konstaterar Sofia.

«Stäkesund, det hette båten som kom till Stockholm Har jag sagt det», undrar Jonas. «I fjol trängde den ryske hären brett fram mot de svenska landområdena i Baltikum. Pesten härjade i området de passerade. Även sjukdomen flyttade sig när ryska armén kom. När ryssen kom till Livlands och Estlands kust på sensommaren hade folket redan flyktat. Små båtar, tvärs över Östersjön. Hon som dog här var säkert en av dessa», säger han. «Flyktingar från andra sidan. Om de ens visste att de hade pesten när de for. De ville väl hem till Sverige till varje pris.»

«Men visst, så var det förstås», konstaterar hon. «Stackars flyktingar, de flyr från ett elände men hamnar genast i ett nytt.»

«Bara det nu inte kommer en ny våg», säger prosten. «Vi får inte tro det är över. I kyrkboken fanns inget om döda i år.»

«Jag vet, jag vet. Vem skulle fört in det? Har de över huvud taget fått en hederlig begravning?» Sofia suckar.

«Gode Gud», utbrister han. «Gode Gud», upprepar han om och om igen.

Han vet inte hur förtvivlad han kan bli över armodet här ute. Fler kanske kan drabbas. Han orkar inte tänka tanken. Och så tänker han det som inte en prästman ska tänka: Är det inte över kan även han bli drabbad.

Vad är det som gör att det har gripit om sig så eländigt på denna ö. Båtar har kommit till fler ställen men denna stora skörd av människor? Andelen är ju värre än eljest. Har det med maten eller klimatet att göra? Med gruvan?

Han tyckte att han kände sig dålig i morse. Hur snabbt tar det en, undrar han och tar sig om halsen. Om även jag blir drabbad, vad händer då?

Så mycket elände har han inte varit förberedd på. Inget han har lärt ut till sina elever då han var lärare på katedralskolan i Strängnäs. Krig har man fått förbereda eleverna på, särskilt fick de höra om det när han utbildade sig på den kungliga akademin i Åbo. Hur man som präst och samhällets tjänare ska möta de som förlorat anhöriga och hur man förhåller sig när man möter omfattande död som efter ett slag. Men denna skala och detta förlopp är hittills oöverträffat. Han har aldrig mött eländet så här öga mot öga. I Stockholm får de makthavande kritik för att inte agera resolut nog. Han förstår dem ändå, man blir överväldigad och då är det svårt att fatta rätt beslut. Och vad gör man som Guds tjänare? Wollrath har gjort ett strålande men hemskt arbete, det är hans slutsats. Människorna här verkar inte ha slutat att tro på Gud.

I Österhaninge har han begravt dem som kunnat jordfästas, dem han hunnit begrava med sin stora församling. Han är uppgiven inför den obegripligt stora uppgift som funnits här för broder Wollrath och inför det som ännu återstår.

«Det gäller nu att kartlägga vilka som dött och vilka som lever», säger han. «Det går inte att få någon ordning annars.»

«Tror han det», säger Sofia, «hur ska det gå till? Mantalet finns, helt visst, men där är bara skattskyldiga upptagna, inte alla. Vi har födelse- och dödsboken, men där finns bara de som dött eller fötts på senare år. Uppgifter om in- och utflyttade saknas. Gruvan kanske har någon lista över de som arbetat där, men är den komplett? Med förlov sagt, herr pastorn, vem är jag att säga emot honom, men jag tror det är mycket svårt eller ogörligt.»

Nu blandar sig Gabriel i samtalet. «Tämligen svårt», säger han. «Låt det gamla vara som det varit. Nu ska vi bygga upp. Det blir svårt nog. Lärarna i Strängnäs säger att vi måste se framåt.»

Jonas vet inte vad han ska svara på detta. De är hårda mot honom. Motstånd på detta sätt är han inte van vid. Han brukar få sin vilja igenom, även om det inte alltid blir som han vill i slutänden. Kollekten till Utös kapell var ett exempel, där övertygade han alla, biskopen, till och med konungen. Sedan blev utfallet dystert, det är han den förste att medge. Att folk säger emot så här, och hans förtrogna dessutom. Men han har väl inte alltid rätt. Ett långt livs erfarenhet är just idag inget värt. En gång var han den där läraren som gav gossarna i Strängnäs stift visdomsord. Idag är han ifrågasatt. Men han har också lärt sig att alltid gå vidare, inte älta och gräva ned sig.

«Finns det några här i byarna så måste jag hålla en gudstjänst för dem», säger pastorn så.

Han har blivit ivrig, det är klart att de inte ska ge sig av utan att ha gjort detta. De ger sig ut alla tre och går från gård till gård och efter ett par timmar har ett halvdussin bybor samlats i kapellet. Han ställer sig vid koret och talar länge och väl om behovet av gudsförtröstan i den svåra tiden. Öarna ska byggas upp igen och ryssen bekämpas. Konungen kommer att komma hem igen.

Han inbegriper en hel påskpredikan eftersom de inte fått någon sådan. Han pratar om öbornas svåra Golgatavandring som de blivit tvungna till det senaste året och jämför med frälsarens vandring med sitt kors. Han pratar om uppståndelsen och om öarnas fantastiska natur. Det blir smått och stort och byborna som haft en förfärlig höst och vinter får dessutom möjlighet att efteråt tala enskilt med pastorn om sina sorger, sina tankar och om sin tro om framtiden.

Mats Jönssons änka stannar kvar sist. Den kraftfulla kvinnan som tog hand om barn och gård när Mats skötte det betungande och ansvarsfulla arbetet som kyrkvärd. Så många gånger har Jonas fått delta i mathållningen i deras stuga i Storbyn med alla barnen. Nu är hon mer försynt än hur han minns henne, står översiggiven i sitt rutiga huckle. Han tycker att hon blivit mer kutig och kan inte låta bli att krama om den smala kvinnan länge. Båda har tårar i ögonen när de sätter sig att tala.

«Karin och Inger begravdes först, det minns herr prosten?», säger hon. Han nickar.

«Jag höll på att ge upp», fortsätter hon med gråten i halsen. Han märker att hon kippar efter andan, har svårt att prata. Men tonen är ändå klar.

«Mats var helt förstörd», säger hon. «Man måste ju få tid att sörja sina barn. Men, det dröjde inte länge förrän Malin också blev sjuk. Man måste få tid att låta deras död sjunka in, att finna sig i detta hemska öde, att få tid att komma till ro. Jag är inte där», säger hon. Hon talar långsamt och eftertänksamt.

«Ännu», lägger hon till.

«Och att hinna be och finna Guds försoning», lägger han till.

«Det är svårt när man är rädd att fler ska drabbas», fortsätter hon. «Lilla Malin var sjuk i flera dagar då mitten av september, herr Grimsten vet, de första två dog bara på en dag, så vi trodde hon skulle klara sig. Sedan blev Mats sjuk också. Båda två dog. Det gick snabbt och jag föll samman totalt. Jag kunde inte ens ta hand om mig själv. Jag som brukar vara så stark.»

Han tar hennes hand.

«Det var den fjärde september som herr prosten såg till att de bägge små kom i jorden på ett ordnat sätt ...»

«Jo, det glömmer jag inte, vilket elände vi varit med om.»

«Vi fick liksom inte ta farväl av varandra ordentligt.»

«Kapellet fullt av gråtande människor, flera begravningar, jag förstår henne.»

«Det var verkligen vedervärdigt. Vi ville ta adjö på ett annat sätt.»

Han bli stum, vet inte vad han ska säga. Känner sig otillräcklig.

«Den artonde september begravde så Johan Wollrath min salig make och lilla Malin. Jag trodde jag skulle gå sönder.»

Nu kramar han henne och han har inga ord, bara tårar i ögonen.

Jonas kan inte annat än hålla hårt om hennes tämligen grova hand, märkt av hårt arbete, men som nu är svag och skakar.

«Det dröjde en vecka efter den andra begravningen så drabbades även Maria och lilla Inger Larsdotter som vi hade tagit hand om. Jag blev konstigt nog aldrig sjuk. Nu är jag ensam med den yngsta. Jag är rädd, ska han veta. Rädd att jag ska förlora det allra sista halmstråt jag har kvar. Och jag kan inte visa den minsta hur jag verkligen mår. Jag går undan. Jag vet att jag ju inte är ensam i min situation, men han ska veta att det är svårt att klara allt själv. Jag saknar dem så. Jag är ju van att sköta djuren och även att fiska ibland och så förstås de vanliga kvinnosysslorna med bärplockning och hantverk. Men han ska veta att det varit knappt i vinter, fast vi bara varit två. Gifta om sig måste jag väl så småningom, men det går inte nu. Mats var mig så kär, förstår han.»

Jonas vet inte vad han ska svara. Han säger bara något om att Mats var en alldeles särskild person som alltid tog väl hand om kapellet och om honom själv när han var på besök. Han framhåller Mats vänlighet och så säger han något om den goda mat han fått i deras hem.

«Jag är djupt olycklig att jag inte kan bjuda på det nu», säger hon.

«Nej, men, hon har nog med sitt, tveka inte att kontakta mig om det bara finns något jag kan göra», säger han innan hon går.

Som i en dimma känner han sig efter samtalet. Osäker på om

han sagt saker på rätt sätt. Han är rädd att han var otydlig .Det är så mycket mer han ville få sagt som bara försvann på vägen.

«Det var svårt att tala med Mats Jönssons änka», säger han till Sofia. «Jag hoppas att Johan och Sofia håller kontakten med henne och hjälper henne om det behövs.»

Hon nickar och klappar honom på handen.

«Jag gjorde ändå en insats för byborna», säger han och ser vädjande på henne. Hon nickar.

Det har blivit eftermiddag när de tar sin vagn och spänner för hästen för att de långsamt ska ge sig av norrut igen. Han säger att han vill till Ålö också.

«Ön borde ju höra till Utö församling», säger han.

De kör mot stranden och han ropar över viken för att få någon att ro över men han får inget svar. Normalt så här års brukar Ålöbor och Utös bybor samverka om att forsla folk över det smala sundet och också om att fånga sjöfågel. Då spänns näten upp från den ena ön till den andra över ett smalt sund lite längre upp mellan Utö och Ålö bortåt Skogsbyn. Detta är rätt tid för att få alfågel och ejder. I år blir det inget fågelfänge och han får heller inget svar från andra sidan. Ålöborna hörs inte av. Han undrar hur det är med det gamla ruckliga kapell som legat där på andra sidan. Det verkar ha försvunnit.

«Mer öde där borta än här, tycks det», konstaterar han.

«Döda», konstaterar Sofia kallt. «Inga Ålöbor, inga fågelfångare. Pesten har räddat några fåglar från att bli mat.»

«Så kan man kanske också se det», säger han. «Allt är annars skapat för att människan ska kunna använda det som naturen ger. Så vist är det ordnat.»

Den stora sorgen
krisernas relativitet

var går gränsen för hur mycket en kan sörja

kan måttet bli rågat

Juliya

Hon blir avsläppt vid stora vägen nära Spränga brygga. En bit längre ned mot Edesnäs finns den lilla krogen där de stannade till förut, den ska hon gå till sedan. Först går hon till hembygdsgården som ligger i en lund med kraftiga ekar, där håller en dam på att rensa i trädgården. Damen berättar att detta är den gamla kaplansbostaden Ramsvik, en slags enkel prästgård, som flyttats hit när södra ön blev skjutfält, det var i samband med andra världskriget. Alla de gamla torpen fick maka på sig. Det här är det enda som räddats på södra delen av ön plus något hus vid Skogsbyn där militärerna håller till.

«Ramsvik brändes ju när ryssarna var här», säger Juliya.

«Då är det här byggt efter 1719», säger damen som nu vilar på räfsan. «Militärens intåg 1944 innebar att alla gamla torp och gårdar fick maka på sig och det gamla jordbrukssamhället försvann i ett slag. Vi som har föräldrar som bott här på ön vet vilken katastrof militärens intåg blev. Människor, hus, minnen, en hel kultur bara försvann.»

Tre gånger minst tänker Juliya, pesten, ryssarnas härjningar och militärens övertagande. Tre gånger som den gamla bonde- och fiskarkulturen slagits i spillror. Juliya skulle vilja undersöka spanska sjukan och svälten på 1800-talet också. En utsatt bygd. Säkert unikt i Sverige.

Hon kan inte gå in i gården. Det är inte öppet och damen har inte nycklar. Ganska stor är den med minst två stora rum. Så hade kaplanen det nog inte före 1719. Hon frågar om hon vet när det gamla kapellet revs. Det vet inte damen, men det bör ha varit innan fotografin kom, för hon har inte sett någon bild på det.

Det börjar regna och hon springer mot Edesnäs. Hon är hungrig och känner att blodsockret sjunker. Hon blir omkörd av en

gammal traktor som släpar på en öppen vagn med ett brudfölje
på och hon får hoppa undan från vägen när de kommer. De är
på väg till kyrkan, den gulvita kyrkan som är byggd på 1800-ta-
let, långt senare än hennes historia. Alla bröllopsgäster har blivit
våta. Brudparet sitter under en liten baldakin och huttrar. Det
ska visst betyda tur med giftermål i regn, tänker hon. Hon har
inget paraply så hon drar upp luvan när de kört förbi och springer
det fortaste hon kan.

Matsalen är faktiskt öppen, lite dyrt tycker hon men hon måste
äta nu, och hon kan beställa. Hon fastnar för en Coq au vin för
295 kronor. Ska hon äta så här dyrt varje mål tar alla hennes
pengar snart slut. De har ökat avståndet mellan borden och mar-
kerat att baren är stängd. För Covid. Där står ändå en man lutad
mot baren med en öl. När hon ser misstänksamt på honom säger
han att han ska sätta sig. Samtidigt som han säger detta svänger
han till så att ölen åker ut. Nu ser hon och hör hon, det är ju han
den rysktalande från båten.

Naturligtvis ska han komma och sätta sig vid hennes bord.

«Avstånd», säger hon på ryska. «Håll avstånd», säger hon igen
bestämt och han makar sig en halvmeter. Hon flyttar sin stol åt
andra hållet. Han ser roat på henne.

«Förlåt att jag är så klumpig. Det är väl när det ryska i mig
kommer fram.»

«I Ryssland är vi väl inte klumpiga.» Irritationen hos henne
växer.

«Jag är ju hälften ryss», och så drar han en linje i luften rakt
uppifrån och ned framför kroppen. Ett till vid midjan fast nu
tvärsöver.» Ja vilken del som är vad kan man ju spekulera över»,
fortsätter han. «Jag vet bara att på min fars sida finns de som
är lite klumpiga inte minst när de druckit lite. De gubbarna är
lite småfeta och runda under fötterna.» Han fnissar åt sina egna
skämt och tar upp en tygnäsduk och håller sig för ansiktet när

han märker att han spottar saliv när han talar. «Mor hade ett helvete att hålla ordning på mig.»

«Så det är därför du kan ryska», säger hon kort.

«Visst», skrattar han, «jag har bott i Murmansk också i åtta år. Kallt som fan. Ingen isolering så hela familjen satt vid spisen som man hade på högsta effekt. Fast vackra somrar då alla gick man ur huse under ett par korta veckor för att fylla förråden med svamp och bär inför den långa vintern.»

«Och nu är du på Utö», säger hon, hon känner direkt att hon inte borde ha svarat och inte med något som kan uppfattas som en fråga, nu kommer han bara att prata mer.

«Du vet jag hatar stan», säger han, «har man en gång bott i Ryssland utanför Pieter eller Moskva vet man hur härligt det är när det inte är komplicerat hela tiden och naturen är nära. Så jag valde Utö, jobbar här på krogen på sommarsäsongen och hjälper militären om vintern. Bor i en liten stuga vid vattnet, bortanför Rävstavik. Vad gör du här?»

«Skriver om när ryssarna förstörde ön», svarar hon kort och snipigt.

«Och nu finns här stora skjutfält för att sikta på ryssar», skrattar han. «Jag översätter en del också. Åt höga vederbörande.»

«Vilka är det», mumlar hon samtidigt som hon tar emot serveringen av maten.

«Nu sa jag för mycket», säger han.

«Nu», säger hon svagt.

Den där skrävlande typen känner hon igen. Men han avslöjas av ögonen. När hon granskar honom närmare ser hon ett sorgset drag. Såg det redan på båten. Hon dras ändå in i hans sfär. Snart sitter de i hans bil, hon där bak för att inte komma för nära, och åker mot Gruvsamhället där han ska lämna av henne. Han följer henne ända till fängelset. Det var ju uppenbart. Hon kan inte skaka av honom direkt och hon vet inte vad hon vill. Snart sitter han på hennes säng och dricker vodka ur tandborstglas. Hon håller sig på sin kant. Han travesterar Pusjkin.

«Sjung ej, o flicka skön och öm, sjung ej dystra sånger.»

Han tror han är poetisk, för henne börjar han bli patetisk inte bara sorgsen utan sorglig. Hon måste propsa på social distans. Hon är ändå lockad av hans mjuka hår och bruna ögon, men om hon ska bli det minsta intresserad måste han visa en annan sida än denna skrävliga. Det gör han inte. Istället börjar han leka med hennes hår. Tafsa utan minsta uns av ömhet. Hon ber bestämt att han ska gå. Hon tjatar men han hänger sig kvar. Han reser sig upp men går inte sin väg. Hon blir plötsligt matt i kroppen, trött på honom och hela situationen. Hon nickar till.

När hon vaknar har han gått. Har han ändå varit nära henne när hon sov? Hon känner hans lukt i sin tröja. Hon tar fram den sista lilla gnuttan handsprit hon har och tar på händer och i ansiktet. Vodkan är slut. Hon svär. Han har varit där och försökt tända en eld hos henne. Kommer och går och förbränner. Vad har han för rätt att göra så? Det är mörkt ute och inne. Varför har hon åkt till den här förbannade ön med all sin eländiga historia. Hon fryser men måste ändå gå ut fast det är mörkt. Det känns som att det är frost ute. Det isar om de bara fötterna.

Väl inne ska hon skriva på sin berättelse. Hon börjar med Hamnudden. «På Hamnudden låg ett litet fiskartorp. Där hade folk bott i många generationer. Torpet låg strax ovan vattnet långt från närmaste bebyggelse i en smal skreva. Det var vindpinat och kargt. De hade en ko och lite fjäderfä men mest levde fiskarfamiljen på fiske av strömming, abborre och torsk och av jakt på säl och sjöfågel. Några gånger om året rodde de in till Stockholm många sjömil med sin fångst och för proviantering. Det var ett hårt liv. Så fick de höra att grannöarna bränts av ryska galärsoldater. Fiskartorparen på Hamnudden samlade ihop familjen, släppte ut kreaturen, gömde båtarna en bit bort och flydde hals över huvud rakt över ön, flera verst sprang de, och lyckades lämna ön.»

Hon blir blank i ögonen när hon tänker på dessa stackars människor. Kan en rysk publik förstå det hon skrivit? Hon har skrivit verst i alla fall, kilometer känns för modernt och fjärdingsväg skulle de inte förstå. Människorna på Hamnudden hade troligen inte bott där i generationer. Lite glidande överdrifter, kan man göra så i ett vetenskapligt arbete? Hon stryker. Hon måste skriva om pesten också. Många frågor blir det när man skriver en sådan här text. Frågan är om hon fortfarande är objektiv. Objektiviteten är det allra viktigaste, har hennes professor sagt. Han kämpar emot den heroiserande historiesyn som alltför ofta präglar makthavarna. Men det måste väl ändå vara tillåtet att ta ställning för de ynkligaste i samhället? Var det inte det som vi kämpade för en gång.

Hennes mor kommer för henne igen. Kan det ha varit lokala pojkar hon umgicks med? Kanske har hon släkt på ön. Hon kan inte släppa detta med sin egen tillblivelse, kanske skulle hon göra ett DNA-test. De är visst dyra. Men, tänk om.

Hon försöker lägga bort datorn för att sova ett par timmar. Människorna på Hamnudden kommer åter till henne när hon vrider och vänder sig. Nya bitar till berättelsen. De måste ha haft glädjeämnen också. När fisken gick till. Fanns det stör i Östersjön på den här tiden? När ett nytt barn föddes i stugan. När det kom många båtar till hamnen där ute och det blev fest. På midsommaren. Ryssarna kom bara tre veckor efter denna årets främsta högtid, som hon hört så mycket om.

Perspektiv

På en ö är människorna utsatta för väder och vind och för havets nycker. Skärgårdsborna tänker vi oss som fåriga och karga. Tallarna kryper vid klipporna ut mot det stora havet. Man anpassar sig helt enkelt.

Det är inte lika lätt att fly undan och det gör oss mer utsatta för väderleken. För många väcks säkert också tankar om livet och döden i den begränsade naturen. Naturen och människorna i skärgården har anpassat sig till de speciella livsbetingelserna.

Naturens påverkan skapar motståndskraft men också en känslighet för förändrade livsförhållanden. Människan och naturen har därför emellanåt drabbats hårt av sjukdomar, skadedjur, miljögifter, stormar och bränder. Döden har varit närvarande. De små öbefolkningarna blev i historisk tid ett byte för infektioner och epidemier.

Skärgården är vår yttersta utpost. Det är där civilisationen möter havet. Vid de yttersta skären är vi som närmast till våra östra grannar, som tidvis också varit våra fiender. Intryck och hot därifrån har genom historien ofta nått öarna först

Allt sedan inlandsisen slutade trycka ner våra nejder har små kobbar stigit upp ur havet. Successivt blev de till skär, holmar och öar. Tång, alger och fisk började bosätta sig runt det som syntes över vattenytan, ja faktiskt redan när det bara var ett grund. Först var det ett bra ställe att fiska på, sedan kom de kala klipporna som fylldes av fåglar och sedan av växtlighet steg för steg. En dag steg en människa i land. Hon utnyttjade havets resurser, fiskade och samlade och tog så småningom dit boskap och började utnyttja strandängarna för dem. Större vilt kom simmande och blev ett välkommet tillskott till den biologiska mångfalden och till människans kosthållning. Fåglar fångades i nät och sköts, särskilt om våren i utskärgårdarna.

Landet har tagit från havet. Detta har varit en slags oundviklig utveckling. Idag vet vi att en vändning kommer eftersom klimatförändringarna innebär att det stigande havet tävlar mot markhöjningen. Snart tar havet åter över. Skärgården längst ut kommer att översvämmas och successivt kommer mer av de forna skärgårdarna, det som nu är fastland att bli till öar på nytt.

Naturen i skärgårdarna präglas av samspelet mellan hav och land, ofta påverkad av vind och vågor. Det är lätt att tro att landskapet sett likadant ut de senaste hundra åren. Så är det inte alls. Mycket som idag är skog och delvis öppna obrukade fält har förut varit brukad mark. Där har man slagit ängarna och där har kreatur gått. Stormar och en varierande efterfrågan på virke har påverkat hur mycket träd det funnits vid olika tidpunkter. På Utö och andra öar med gruvor har skog fällts inte bara för plankor utan för att det behövts trä för att elda i gruvan för den tillmakningsprocess som före dynamiten användes för att spränga loss stenen.

Länge var skärgården en egen värld där självhushållning dominerade. När fler och fler bosatte sig i städer och samhällen blev skärgårdsborna, skärkarlarna, också leverantörer till storsamhället. Fisken roddes genom skärgården med sumpar i båtarna eller på släp och det gällde att komma i tid till kommersen om morgonen. Skärkarlarnas liv var ett hårt slit med många timmars arbete som tog på kroppen. Man har tvingats kämpa för brödfödan ofta med flera olika inkomstkällor.

På artonhundratalet började stadsborna åka ut till skärgården för att uppleva det fascinerande med havet och dess nötande på klipporna. Det blev en radikal förändring och ett ekonomiskt tillskott i skärgårdsbornas fickor. Samtidigt minskade utkomstmöjligheterna i de traditionella skärgårdsnäringarna.

Att vara utan landförbindelse innebär att man i någon grad är bortanför civilisationen. «Lagen slutar vid Dalarö» säger man på

Utö. Man har fått klara sig själv, det är långt till storsamhällets service, även om det förändrats på senare år. Det lilla samhället skapar också andra typer av konflikter. Om Utö finns boken «Storm över Tjurö» som visar hur inskränkt det kunde bli.

Idag är det lätt att se skärgården som en idyll. Under ytan och bortom tidens dimma finns en annan verklighet.

Jonas

Han känner hur det börjar bli svullet utanpå halsen, liksom en bula. Han har ont i svalget också. De är på väg tillbaka mot gruvan med samma vagn och häst som de kom. Det går långsamt. Först säger han inget, kliar bara där på utsidan, stiger av för att uträtta sina behov och tar granbarr att tugga på, granens skott är bra mot vårtrötthet och förkylning vet han, de där ljust gröna har inte kommit än men han tar längst ut där han vet att de ska bildas. Det blir som en kåda i munnen som lindrar lite. Mest orolig är han över utslaget på halsen. Det kan vara någon nyvaknad insekt, kanske en broms, eller något han är känslig mot. Han har ju legat i okända sängar. Ovanliga löss kanske. Eller det värsta. Han har sett pestsjuka med stora bölder på halsen som de rivit som vansinniga på. På något sätt startar bildningen av bölderna. Han kliar sig ännu mer.

Han sätter sig upp igen, vrider lite hit och dit med huvudet. Sofia tar honom om ryggen och undrar hur det är fatt, men han säger ingenting. Hon ser var han rivit och tar med baksidan av handen över bulan.

«Klia tillbaka», säger hon käckt men han blir ändå varm av hennes beröring eller om det är av sjukdomen. Han känner en stark ömhet för den här kvinnan.

De kör den inre vägen förbi Storbyn och Byle och så den smala, nästan övervuxna fästigen mot skräddar- och båtsmanstorpet Sandvreten, den väg alla bygårdaras kreatur gått genom åren för att få bättre bete och komma till strandängarna. Det skumpar ordentligt och björkgrenarna slår mot vagnens sidor. Han får annat att tänka på. Stenar av olika storlek ligger på vägen. De inser snart att de inte skulle kört så här. Gabriel får gå av och röja undan hinder flera gånger för att de över huvud ska kunna komma fram.

Ena hjulet glider ner i en blöt lergrop och de kommer inte framåt. Hjulet sitter fast. De måste försöka förmå hästen att backa. De får sela av och rulla vagnen baklänges för att den ska komma loss och sedan skjuta den för hand längs sidan av den fördjupning där den förut fastnat. Vagnen är på väg att tippa men Gabriel hänger sig i den på ena sidan och de passerar hindret. Sedan får de locka hästen att komma tillbaka till vagnen. Nå, det går och de kommer framåt igen.

Efter Sandvreten går det bättre ned mot Stentäppan. Där har gärdsgårdarna rests ända ner i sjön för att korna ska kunna gå på de fuktiga sjöängarna där betet är särskilt bra. Flera nät är upphängda, några är inte ens rensade utan är fulla av tång och sjögräs, de har nog hängt där sen i höstas. En ynkligt mager ko står i en hage. Jonas vill av för att se vad han kan göra.

«Kon måste slaktas», konstaterar han snabbt.

Då kommer ett barn fram ur torpet.

«Det är min ko, hon kommer att börja äta nu», säger hon.

Han frågar om ingen av torpens befolkning i övrigt finns på plats och om de är i livet. Flickan skakar på huvudet. Gabriel går in i ladan och möts av en svår stank. Gödsel och döda kadaver ligger i en hög. Det finns höns som spatserar omkring där inne och verkar må bra och flickan verkar välfödd. De frågar om hon vill med dem till gruvan.

«Nej, jag stannar här, men jag behöver nog hjälp», säger hon.

«Kanske ska du följa med till Edesnäs i alla fall», föreslår Jonas. «Där vet jag att det finns folk som kanske kan bistå dig.»

Flickan är trulig men till sist kliver hon upp och de far under tystnad mot Edesnäs, där de får tag i samma dräng som hjälpt Jonas förut. Han lovar ta hand om henne och följa med och se om det är något han kan bistå med på torpet.

Hästen travar långsamt vidare och stannar ibland för att nafsa i något snår. Det är en mager krake de fått låna. Inte ens djuren har mått särskilt bra. Den långsamma takten irriterar Sofia men Jonas lugnar henne trots att han blir irriterad av hennes oro. Gabriel går av och försöker dra i betslet för att få den istadiga hästen att röra sig.

«Ta det lugnt», ryter Jonas till. «Vi hinner nog.»

Han ångrar sig direkt. Nu känner han att han inte orkar längre. Den onödiga ilskan gör honom trött och andfådd. Varför är han så här? Vad vill Gud med honom? Vad gör vår Gud med människorna i vårt land. Jesus led på korset, det var fysiskt och smärtade men han utstod det för vår skull. Jag klarar inte ens av att andra lider, av att se andras lidande. Ömkar mig själv. Vad är jag för prästman egentligen?

Han sätter huvudet i händerna. Efter så många år funderar han på om han verkligen passar för detta kall. Han vet inte längre om han kan lita på Gud i alla lägen. Han vet inte vad han ska säga till de som drabbats. Han vet inte längre vad religionen ger människorna. Gudsfruktan kan inte vara värre än den fruktan människorna känner i dessa dagar.

Han är själv rädd. Rädd för pesten, rädd för att få se mer död. Ja han är nog även rädd för sin egen död. För Majas och barnens väl, men är nu också så svag att han är rädd för sin egen skull. Han känner på halsen. Bulan har växt. Han måste ta sig samman. Han rycks upp ur sina tankar av att vagnen sätter fart. Hästen har plötsligt kommit på bättre tankar och travar på.

Juliya

Hon förlorade en halv dag på den där ryssen. Hon blir aldrig klok på karlar. De ryska som ska visa sig starka och de svenska som vill visa sig svaga. Ingen medelväg. Den här var både och. Och inte ville han lugna sig. Ibland blir hon inte klok på människorna. Kanske är hon fördomsfull eller för snabb att döma. Hon själv då? Hon är som sin mor, tänker hon, ibland så förbannat naiv. Det duger inte att ömka sig.

Morgonen möter med hällregn. Ändå tar hon sig upp till värdshuset. Hon behöver skriva nu så hon tar med datorn till frukostbordet, äter långsamt, läppjar sitt te och skriver samtidigt. Smular wienerbröd på datorn. Spiller sylt. Hon beskriver Hamnudden, hon har fastnat där och skriver om det avsnittet igen och igen, det besynnerligt vackra landskapet och människornas eviga slit med sina små täppor och det nyckfulla havet där de får sin utkomst. Denna utsatta livsmiljö hade förstörts i etapper och det har alltid haft med förhållandet mellan Sverige och Ryssland att göra. Idag är det en utpost för det svenska riket. Före Poltava låg det mitt i det som då var Sverige.

Om man vore antirysk och illasinnad, tänker hon, skulle man kunna se det hela som en illvillig plan från rysk sida. Först pesten som kom österifrån sommaren 1710. Då när ryssarna hade vänt svenskarnas angrepp under det stora nordiska kriget och pressade människor och sjukdomar framför sig i sin iver att få bort varje uns av svenskhet längs hela den baltiska Östersjökusten. Den svenska regeringen blev passiviserad när pesten kom till Stockholm och skärgården medan den svenska kungen samrådde i Bender med turkarna om krig mot tsar Peter. Turkarna besegrade tsaren vid Prut år 1711 och han blev inringad. Karl XII försökte rida dit men då hade sultanen redan gått med på fred. Peter kunde hålla kvar greppet över Sveriges östra del och Sverige var lamslaget.

Sen Apraxins hänsynslösa brännande bara några år senare som nödvändigtvis skulle nå varje avlägsen by, torp och backstuga. Och så skjutfältet som svenskarna byggde i samband med det sista stora kriget för att värja sig mot ryssen. Hon läser vad hon skriver och tänker på hur detta ska uppfattas av de nationalistiska historieskrivarna som härskar i Ryssland. Ska hon bry sig om det? Ska hon tona ner, försöka förstå båda sidor? Det är väl medfött som ukrainare att inte förstå ryssarna. Hon har ofta hört att man kan skoja och umgås och även samarbeta med ryssar men att man aldrig kommer att förstå dem. Det ligger kanske en del i det där. Hon ler för sig själv. Hon ska tänka mer på texten, men nu ändrar hon inget.

När hon är klar på värdshuset bestämmer hon sig för att ta sig till den plats där kapellet stod och till den gamla bymiljön där. Hon vill försöka föreställa sig hur det var. Hon ser ut. Regnet har slutat plötsligt som om någon vridit på en kran. Hon går tillbaka till fängelset och tar cykeln den här gången. Det är sydliga vindar, inte särskilt varma, och det betyder motvind hela vägen dit. Vinden gör i alla fall att regnmolnen blåser bort.

Hon stannar först till vid hembygdsgården, nu får hon komma in även om det inte är det öppet. Hon har cyklat fort och är svettig fast det är kallt ute och framför allt är hon törstig. En dam ger henne ett glas saft. Det är en gammal stuga med två större rum och en mindre del däremellan med några smårum. Innertak finns och murade eldstäder i varje rum. Hon tänker sig att stugorna i början av sjuttonhundratalet var avsevärt mindre, ett rum och utan innertak. Hon vet inte säkert, ingen verkar veta. Där inne finns en bok om det gamla Utö, främst om de gamla miljöerna, skrivet i samband med att södra ön blev skjutfält. Hon bläddrar och fotograferar sidor. Ibland frågar hon damen om ord hon inte förstår.

Det ger ändå en bra bild av hur det kan ha varit, även längre tillbaka. Kaffe får hon också, hembakade bullar, det här skulle kunna ha hänt i Ukraina också, den kvinnliga omsorgen, gemenskapen av äldre damer som är intresserade av det förflutna. Kanske för att binda banden med sina mödrar starkare.

Hon känner sig hemma här. Inredningen i rummet kunde varit hämtad från Ukraina eller Ryssland. Det fattas bara en samovar och några ikoner. Hon pratar på med damen och Juliya nämner att hennes mor var här omkring 1990.

«1990», damen lyser upp. «Jo, jag träffade några öststatstjejer och vi umgicks en del, hade några fester. Vi som bodde här och flickorna i samma ålder. Vet inte om någon av dem var din mamma.»

Juliya berättar mer om mamma och damen kommer ihåg henne. Juliya frågar vad killarna hette som de umgicks med.

«Hon var ju förlovad i hemlandet», säger damen. «Men det var en härifrån som uppvaktade henne. Han var ordentligt förtjust i henne.» Hon tystnar en stund och så säger hon: «Han dog ganska snart efteråt. Så ung.»

Hon säger inte mer för hon blir upptagen av ett telefonsamtal. Juliya sms-ar till mamma igen, men mamma verkar inte vara vid telefonen. Juliya ger kvinnan en lapp med sitt telefonnummer. Telefonsamtalet drar ut på tiden och Juliya måste vidare om hon ska hinna ner till södra ön, samtidigt vill hon gärna träffa denna kvinna mer.

Död man. Så var det med det. Hon svär och cyklar alldeles för fort utan att se sig för och måste tvärbromsa innan hon far in i ett snår vid sidan av vägen. Hon stiger av och andas ut. Snörvlar. Står en lång stund innan hon tar sig samman och ringer mamma.

Mamo, tänker hon att hon ska säga. Mamo, han som du träffade här på Utö, han är död. Kan det vara han? tänker hon att hon ska säga.

Hon väntar tio signaler. Provar igen. Inget svar. Sätter sig upp igen.

Hon är en duktig cyklist och efter en stund är hon vid skjutfältets stora entré med ett par grindar där det står att skjutning pågår, varning för blindgångare. Det var nog där hon svängde av mot Hamnudden. Den här gången fortsätter hon stora vägen mot Ålö och kommer snart fram till själva skjutfältets centrum, där det står flera gamla stridsvagnar uppställda. En liten bit längre bort finns några röda hus för försvaret. Efter en nedförsbacke kommer hon till några gamla stugor och strax bortom dem en björklund. Där finns en skylt som berättar mycket kortfattat om ett gammalt gravfält från bronsåldern och att kapellet fanns här. Hon funderar på landhöjningen och bronsåldern. Då var detta verkligen en utskärgård, troligen bara några kobbar men ändå varaktigt bebodda. Historien blixtrar förbi. Vi vet så lite om bronsåldersmänniskorna. Alldeles för lite om sjuttonhundratalet också. Det är ändå bara drygt tio generationer bort om hon räknar rätt..

Hon försöker föreställa sig hur det var 1719, hon ställer sig där klockstapeln nog stod och försöker få klart för sig hur kyrkogården låg och var det lilla kapellet fanns. Staketet och muren visar nog kyrkogårdens utsträckning. Hon känner hungern snabbt överväldiga henne. Hon har med sig lite att äta som hon tagit vid frukosten. Några brödskivor och lite marmelad och ost och en flaska med mjölk. Hon sätter sig ned på backen och glupar i sig. Björkarna har ännu bara en svag antydan till gulgröna knoppar. Björken är så oerhört vanlig i Ryssland och Ukraina, här finns utrymme att se enskilda träd. Aldrig är björkar så vackra som nu, den där skira grönskan på riktigt höga träd.

Hon följer en stig in där byarna funnits. Det gäller att skilja ut de gamla vägarna och fästigarna från de gator som stridsvagnar och trädfällare skapat, de som inte tagit hänsyn till naturens naturliga kullighet och vegetation. Det är inte mycket som påminner om det gamla och även om hon borde vara proffs på sånt här funderar hon ibland var hon är i förhållande till den gamla kartan med alla dess bynamn.

Hon tar sig ner till Byviken som delvis är igenvuxen av vass. Här var antagligen en livlig plats, då fanns ingen bro till Ålö utan skärgårdsborna från andra öar kom nog med båt den här vägen. Ålö ligger så nära. Hon kan se en flakmoped köra på andra sidan vid en stor ek. Hon ser några svanar i viken. Knölsvan. 1719 var det sångsvan som kom förbi. Hon har lärt sig att det var adeln som tog knölsvan till sina slott och säterier. Senare tror hon.

Där borta är några andra stora fåglar. Efter en stund ser hon att de är tranor. En snabb gracil landning, hittar något att äta och så snabbt upp i luften igen, vidare norrut. Ingen ro. Som nutidsmänniskor. Hon dokumenterar träd och vägar och skyltar på skjutfältet. Vänta, här får man inte fotografera stod det. Det gäller att ingen ser vad hon gör.

En militärbil kommer körande och stannar till. De frågar om hon sett något vilt. De har gevär i bilen, inga kpistar utan vanliga jaktgevär. Hon svarar på engelska att hon bara sett älg vid gruvsamhället. De vill veta vad hon gör där och frågar om hon inte sett att de skjuter idag. Hon börjar staka sig och hacka, får ändå snart ur sig historien om sin forskning och visar sin legitimation. Som tur är har hon också med rekommendationsbrevet från professorn. Att hon tänkt på allt. De frågar om de får skjutsa henne och kastar upp hennes cykel bak i bilen och åker ut mot vägen mot Ålö, utanför skjutfältsområdet. Där släpper de av henne och cykeln.

Gubben skymtar i skymningen
går runt i gruvbyn och grubblar
jag vill fortsätta mitt värv
inte skördas av pesten
jag vill inte heller lämnas i träda
eller bara brukas en enstaka dag
jag vill växa i sommarens vind och gå i ax till hösten

andäktigt tassar den unga kvinnan framåt
söker näringen nere vid rötterna
rötterna som förbinder oss och binder oss
hon fäktas ensam med tsaren
varför brinner hon för honom
när lyckan finns på denna ö

Jonas

När de har kommit till gruvan har det blivit afton och det finns ingen möjlighet att åka vidare samma kväll. Tanken var att fortsätta till Ornö samma dag och att kaplanssönerna sedan skulle skjutsa pastorn till fastlandet. Det måste bli ännu en oplanerad övernattning. De knackar på hos Wefverstedt och blir bjudna på en enkel kvällsvard, gröt och bröd med sovel bestående av inläggningar och stekt fisk. De visas sedan av fru Wefverstedt till ett av de nu övergivna gruvarbetarboställena, ett stort hus med två rum och en gemensam förstuga för ett par familjer bortåt den gamla silvergruvan.

Madam Wefverstedt leder dem framåt med sitt självklara sätt och sin raka hållning. Hon försäkrar att ingen smitta finns i huset, eftersom ingen människa bott där på tre månader. Huset är ordentligt utkylt. Hon gör upp eld i spisen, normalt gör tjänstefolket sådant men nu finns knappt drängar eller pigor på byn. Hon tar fram sängkläder, de ska inte behöva ligga i de pestsmittades gamla lakan som har legat kvar eftersom ingen varit inne sedan dess. Jonas vet att det är förordnat från riksstyrelsen att alla sängkläder från de som dött i farsoten ska begravas djupt i jorden. Görs inte det handlar det om böter eller kroppsstraff. Så har inte skett. Nå det är väl passerat nu. Det är inte underligt att de är lite tveksamma först. Finns sjukdomen verkligen inte kvar? Madam Wefverstedt gör en ordentlig genomvädring av rummen och tar hand om allt gammalt: servis, textilier och upphällt vatten. Hon ställer in luktkrus för att det ska bli mer angenämt. De tackar och bestämmer var de ska sova, Gabriel i förstugan, Sofia och han i var sina rum. Det är tur att de får olika rum, tänker han. Han vill inte åter bli lockad att bryta Guds bud. En god präst står emot och det ska han göra även denna afton.

De har fått lite extra skaffning med sig, vin och bröd. Sofia och han delar på detta och sitter och ser på solnedgången över Mysingen med mycket rött i himlen som speglar sig i vattnet. De språkar lite inför sänggåendet.

«Det var svårt att tala med Mats änka», säger han. «Jag ska klara att tala med alla om döden och sådant. Men jag har knappt varit i sådant trångmål. Jag hade ingen tröst.»

«Han tröstade bara med sin närvaro. Jag vet, hur stark han är. Var inte orolig han.»

«Den goda änkan var otröstlig och hade nog svårt att försonas med sitt öde. Hon vacklade och jag skulle stöttat henne.»

«Det är ett oblitt öde de fått alla som drabbats», säger Sofia. «Vi måste göra det bästa vi kan. Mer kan man inte göra. Flickan med kon oroar mig gruvligt.».

Han håller hennes hand. Så reser han sig och går runt ett par varv.

Om kvällen ligger han och kliar sig på halsen. Nu har han fått utslag i ljumsken också. Snart blir såren röda och såriga. Han öppnar fönstret för att få in lite svalka, djupt osäker på vad som ska hända med honom. Till slut kan han ändå sova en liten stund.

Om frukosten ojar han sig, pustar och frustar, madam Wefverstedt frågar honom hur det är fatt. Han säger som det är att det kliar väldigt mycket om halsen. Alla ska dit och besiktiga honom. Helt plötsligt har alla blivit läkekunniga.

«Löss, eller kanske getingstick. Ingen pest i alla fall», säger Sofia säkert och Wefverstedt håller med.

«Löss vet jag väl hur det känns», säger Jonas vresigt. «Det här något helt annat.»

«Rött förvisso, men inte den blåröda färgen och inte särskilt mycket utstående, nej han kan vara lugn. Åker ni nu eller får vi bjuda på middag också?»

Han känner sig inte alls lugn. Varm är han och förvirrad. Han sveper en sup och tar sedan och baddar på halsen med mera brännvin.

«Vi ska nog åka senast mitt på dagen. Jag ska bara ta en rask tur bort mot skogen och kanske ned till havet på utsidan», svarar han och reser sig plötsligt från bordet och går ut.

«Även en gammal präst behöver lite ensamhet emellanåt», säger han från dörren.

Han vandrar ensam, borta vid skogsbrynet ser han sandhögen. Går in i skogen och bryter av ett par grenar som han lägger i ett kors över högen. Sedan står han länge där och talar tyst för sig själv. Så sjunger han en begravningspsalm, sakta nynnar han. Han avslutar högre, med Vår Gud är oss en väldig borg, när en skäggig och långhårig man sluter upp vid hans sida och sjunger med. Prostens basstämma och mannens hesa och ljusa röst.

«Fader», säger mannen, «vi behöver alla frälsning nu.»

«Vafalls, vem är han, var kom han ifrån?» Jonas anar oråd och oknytt. Det är som ett troll som kommit till honom. Eller kanske är det en slags frälsare.

«Jag bor numera här i skogen, ända sedan de första pestfallen i fjor. Säkrast att lämna allt.»

«Hur kan han bo i skogen? Var det honom vi såg bortanför Rävstavik i en kula nere vid sjön?»

«Mig eller någon av mina gelikar. Vi är några som håller oss undan. Det går bra att leva på vad naturen och havet ger. Så småningom blir man en del av naturen vet han. Men berätta nu inte för någon.»

«Nej», säger Jonas, «han ska veta att jag får många förtroenden i mitt värv.»

«Vad menar monsieur», säger mannen, «ligger det några begravda här?»

«Tror det. Vet inte säkert.»

«Vad vet man, eller så är sanden hitlagd för att stärka vägen till

Trema, om det någonsin kommer någon tillbaka dit. Jag föddes där en gång, så jag kan den här skogen. När det var som kallast kröp jag in i ett av de övergivna husen där, då var det redan övergivet. Jag vågade inte tända någon eld av rädsla för att bli upptäckt, men det var i alla fall varmare än ute eller i kulan vid havet. En gran duger annars utmärkt att sova under. Jag klarar mig bra. Hoppas jag nu inte blir smittad för att jag talade med er, fader.»

«De säger att jag inte har pesten. Men man vet ju aldrig med den där förbannade sjukdomen. Ibland går det så fruktansvärt fort.»

«Lita på Gud och ha förtröstan och framför allt håll sig undan», säger mannen dovt. «Det kommer någon, tack för mig och inte ett ord.» Lika fort som han kom är han försvunnen.

Det är Mattias Wefverstedt som kommer och säger att Sofia och Gabriel blivit oroliga. Han bjuder Jonas på en sup ur en plunta han har med sig och de ställer sig mot en stor sten, halvsittande, lutande sig och de börjar prata. Jonas frågar om de sexton till sjutton som begravdes snabbt.

«Farbror vet, Wollrath kom inte den söndagen och liken var många och fick inte plats i likboden. Vad skulle vi göra? Jag vet, jag är djupt ångerköpt att det gick till på detta sätt. Bara de inte får lida för det på andra sidan.»

«Är det fler?»

«Kanske någon finns i botten på gruvan. Vänta. Kålmyren. Där ligger det visst några också som fick begravas i hast.»

Prästen stelnar till. Suckar. Gör korstecken igen.

«Inget mer nu», mumlar han. «Nu har jag i alla fall försökt lysa frid över de stackars själar som ligger här. Om det nu hjälper. Inte ens en gammal präst som jag vet hur man ska kryssa i denna svåra tid. Inte ens jag vet varför Herren varit så hård.»

Nu är det Wefverstedt som klappar om Jonas som börjar bli

röd om näsan. Han nyser kraftigt och Mattias är där med en stor mönstrad näsduk. De sitter ett tag till tills pluntan är urdrucken.

«Nu blir jag kall», säger Jonas och snyter sig igen. De väntar på mig.»

Vid gruvhålen kommer Gabriel och Sofia och säger att de blivit ännu mer oroliga när inte Wefverstedt kom åter. De har letat efter dem nere vid Rävstavik.

«Varför sa herr pastorn inget? Nå, är han klar, vi bör segla snart, det kommer antagligen att blåsa upp.» Hon pekar på ett åskgrått moln långt bort på Mysingssidan.

«Jag ska bara välsigna de stackare som antagligen ligger på gruvans botten.»

«Gruvarbetarna brukar sjunga när de kommer upp i ljuset, när de varit i gruvan länge», säger Wefverstedt. «Vi kanske ska sjunga något.»

De stämmer upp en psalm och sedan skyndar Jonas på stegen med Sofia och Gabriel i släptåg. Efter att snabbt fått tag på allt gepäck som står i gruvkontoret tar de långa steg nedför backen mot Mysingen och hamnen, även om Jonas pustar och tvingas att stanna och torka av näsan flera gånger. De ger sig ner i Wollraths båt som nu legat vid kaj i flera dagar.

När diset lättar
skymtar väven

allt är flätat hårt
hästens man
flickans hår
tråden att tillverka näten av

stormar och kyla
bryter upp det som mödosamt fästs ihop
pandemier och fanstyg

om våren när havet tystnat
är det dags att börja fläta och väva igen

föra samman
nytt med gammalt
allt det som hänger ihop
fast det inte syns

Juliya

Hon har cyklat tillbaka igen och sitter ordentligt påpälsad utanför fängelset i en vildvuxen syrenberså, ännu utan tillstymmelse till blad fast de ska blomma inom en eller två månader, sitter och skriver om byn och om kapellet som tycks ha plundrats men inte bränts.

Det kommer folk förbi på vägen på andra sidan syrenerna, det hör hon. Ibland kvittrande samtal, ibland mopeder eller fyrhjulingar som provar hur mycket de kan gasa så att gruset rivs upp. Hör dem men ser dem inte. Så tätt är buskaget. Hon skriver mycket. Så bestämmer hon sig för att ta sig ner till Rävstavik igen. Hon vill se havet en sista gång. Hennes avsikt är att åka hem idag och har börjat studera tidtabellen. Kanske ska hon ta den sena kvällsbåten, fast då är hon inte på studentrummet före midnatt. Eller bättre med morgonbåten i morgon, fast det innebär att hon ska upp tidigt.

Från värdshuset har hon sett Mysingen, den breda fjärd in mot land där svenskarna letar ubåtar. Hon kan inte få nog av den utsikten. Rävstavik är annorlunda. Där får man dessutom den där speciella frihetskänslan med hela havet öppet mot horisonten. Hon cyklar och det bär nedför i full fart i skogen. Ställer cykeln vid soptunnorna där det kala berget börjar och sluttningen ned mot havet tilltar. Går nedför klipporna. Det är halt på sina ställen och hon halkar till och faller och får en reva i byxorna och skrapar handen. Det blöder men det räcker inte för att stoppa henne. Hade hon inte varit ensam hade hon nog gjort ett väldigt väsen och ojat sig. Nu har hon bestämt sig för att gå förbi viken och komma längst ut mot havet. Hon tar en pappersnäsduk som hon har i fickan och lindar om handen.

Förbi de gamla fiskarstugorna längst in i den norra delen av viken. Här nere var hon inte förra gången. Antagligen har det funnits hus här sedan 1719. En röd stuga med låga fasader och stort tak ligger långt inne mellan tallarna, omgiven av nät och upp- och nedvända båtar varav några ser ut att behöva tjäras. På klippan in mot viken en murad rök och gamla grunder från små stugor, hon kan inte avgöra ålder eller vad de använts till. Rester av bryggor och sliprar i och ovanför vattnet och flera träbåtar upp- och nervända lite här och där. En vattenfylld eka i vattnet. Allt talar för att det fortfarande pågår fiske här. Eller har pågått för inte så länge sedan.

Hon går vidare ut på klipporna. Betraktar de stora groparna och grytorna som inlandsisen mejslat ut genom att stenar hamnat längst ned under isen i många år och malt ned berget. Trågen är alla fulla med vatten efter vinterns stormar. På några ställen ser hon en ensam liten fisk i det instängda vattnet. Det går att överleva i de mest märkliga förhållanden. Hon sätter sig uppe vid en nedrasad bunker och låter den friska vinden ta henne i besittning, vattnet slår mot klipporna, det är några små öar men sedan det oändliga vattnet mot horisontlinjen. Solen tittar fram och vinden avtar och hennes smala kropp värms. Hon knäpper upp jackan och bara tar emot.

Utsikten, den svaga men ändå värmande solen, bruset från havet, att inget ovidkommande stör naturupplevelsen, allt gör att man kan sitta och bara vara och ändå rusar tusentals tankar genom hennes huvud. Alla ställen hon sett. Hon kan inte låta bli att känna för alla öns döda människor. Kan man på något sätt få reda på vilka de var, vad de hette, sätta mer liv till historierna? Hon fastnar i den tanken. Hon vet för lite om svenska folkräkningar och andra register. Skatteregister kanske. Kyrkliga register. Hon vet att sådant funnits och finns på vissa håll. Svenskarna är kända för sin byråkrati och noggrannhet och någon på institutionen i Stockholm har sagt att det förts bok över befolkningen ända tillbaka till trettioåriga kriget. Hon bestämmer sig för att hon måste kolla detta. Vem kan veta? Finns det någon präst på ön? Damerna vid hembygdsgården eller guiden kanske? Hon reser sig upp. Nu känner hon att klippan lämnat ett kallt fuktigt avtryck på byxorna och att det dessutom är mängder av nymornade myror som är i full fart att hitta nya vägar runtom. Hon känner dem på sina ben. Hon borstar av sig noga och bestämmer sig för att skynda tillbaka till gruvbyn.

Hon cyklar snabbt uppför den långa backen i skogen och förbi fängelset upp till värdshuset. Där går hon in och frågar efter telefonnumret till damerna i hembygdsgården, till prästen och till guiden. Hon tar fram sin telefon och bestämmer sig för att pröva hembygdsfolket först. Hon når en dam och de stämmer möte i det lilla gruvmuseet mittemot värdshuset. Mitt i samtalet slocknar telefonen. Hon går in i värdshuset igen och ber en ung man att få ladda telefonen. Det är samma man som hjälpt henne med vatten och matsäck. Nu ler han hela tiden. Hon blir erbjuden kaffe och bulle av honom och han säger att han också ska fika och frågar om han får sätta sig ned. Hon nickar och han börjar prata med henne. De sitter alldeles för nära. Nu har hon tappat all känsla för distansering. Så kommer hon på sig och sätter sig lite längre ifrån.

På några minuter har hon berättat allt för honom och han har berättat hur det är på Utö om vintern. Han tycker om att gå i skogen och att fiska. Vissa människor kan man vara hur öppen som helst inför, tänker hon, andra gånger vill man inte berätta något alls. Hon gillar hans leende. Snart har hon kommit in på allt elände hon varit med om i Ukraina med en familj där alla skrek åt varandra och om hennes föräldrars uppslitande skilsmässa. För den här mannen kan hon berätta allt. En tillfällig bekantskap som gör att hon öppnar sig. Kanske just för att han bara finns här idag. I morgon har hon åkt hem och de syns inte mer. Hon berättar till och med hur hon sökt kärleken i Moskva men misslyckats gång efter annan. När hon sagt så mycket tystnar hon och böjer ned huvudet och biter på en hårtest och så tittar hon upp och han är där lika lyssnande och hon ler.

«Damen från hembygdsföreningen», säger hon plötsligt. Hon har glömt tid och rum. Hon säger att hon kommer tillbaka strax och springer ut men damen finns inte där. Hon springer in igen där telefonen ligger på laddning och ringer tillbaka. Hon är på väg.

«Passar du telefonen», säger hon och reser sig upp för att gå ut igen. Då smeker han försiktigt hennes kind, som i förbigående och så är hon ute på vägen igen. Så var det med det avståndet. Vad vill han?.

Där kommer damen och låser upp gruvmuseet. Ett riktigt gammalt museum som kunde funnits i någon by hemma. I ett hörn finns vantar och kort och böcker till salu, i Ryssland hade det varit ikoner också. Berättelser om berget och hur man gick ned i gruvan förr. Juliya har koncentrerat sina studier till bönderna och fiskarna men gruvarbetarna är minst lika intressanta. Det finns bilder av stegar som de klättrade ner med, märkliga stegar med en stor stock i mitten som pinnar sticker ut på ömse sidor. Sådana användes tydligen långt in på artonhundratalet, ända tills gruvorna lades ned för hundrafemtio år sedan.

Gruvorna var djupa, hundra meter fick de gå, pinne efter pinne på de långa stegarna. Vid någon tidpunkt började de åka i korgar som vinschades upp och ner. Båda kanske fanns parallellt. Väl nere skulle de in i gångar och elda för att spränga berget och sedan bända loss bitar som skulle transporteras upp. Senare krut och dynamit. Det var ännu farligare. De sjöng säkert sånger i arbetet där nere och när de kom upp i ljuset. Ett sällsynt hårt arbete. Hon har lite klaustrofobi och ryser när hon tänker på de trånga, mörka gruvgångarna.

Var några kvar där nere när ryssen kom? Vad gjorde de när

pesten kom? Hon kan inte föreställa sig hur det kan ha varit, men fantiserar ändå om deras liv. Vad det klara havsljuset betydde när man varit nere i mörkret hela dagen.

Hon är full av frågor. Damen hör dåligt men står ändå på två meters avstånd. Många omtagningar blir det eftersom Juliya inte har så stark röst. Först berättar Juliya att hennes mamma arbetade på värdshuset omkring 1990. Damen berättar att det ofta är östeuropéer här och arbetar fortfarande.

«Kom igen om sommaren. Då kan du få prata polska och ukrainska», säger damen. «Om du vill.»

«Det jag undrar om nu är om det finns något register över de som bodde här 1719.»

«Husförhör där man kan se alla som bodde här gjorde prästen varje år men de finns nedtecknade först från slutet av sjuttonhundratalet. I det här pastoratet som då omfattade Österhaninge, Nämdö, Utö och Ornö fanns böcker redan från sextonhundratalet över födda, vigda och döda. I alla fall från Österhaninge och Utö. Där finns 1719.»

«Var kan jag se dem?» frågar Juliya.

«De finns på nätet», svarar damen.

Det slutar med att Juliya går till värdshuset igen och ber att få sitta där och låna deras Wifi för att studera kyrkböckerna på Riksantikvarieämbetets sajt. Hon letar efter sin telefon, men den finns inte där hon lagt den och han som skulle vakta den finns inte där. Hon frågar efter honom men har inte ens hans namn. Hon kan bara säga hur han såg ut. Mörkt hår, liten glipa mellan tänderna, ganska kort, pratsam, glad. Kvinnan bakom disken säger att hon ska leta efter honom och visar Juliya till ett rum på övre våningen med ännu mer fantastisk utsikt över Mysingen där hon kan använda hotellets nät. Juliya sätter på datorn och får en hel drös inkommande mail att hantera och ryska och ukrainska nyheter om epidemin och om makthavarna. Hon slänger mail helt vilt. Ett måste hon läsa, det är från hennes bror som talar om att deras mormor är sjuk och att Juliya borde komma hem. Vad ska hon göra? Kan hon göra något?

Hon lyckas komma fram till det svenska Riksarkivets sajt och hittar söksidan. Hon söker på Utö och får upp en rad kyrkböcker. Då dyker han upp med telefonen och bara sätter sig mjukt vid hennes sida, lägger telefonen på bordet och frågar om hon behöver hjälp. Hon rör hans kind som han rört hennes och han smeker henne tillbaka. Ingen distansering längre. Så börjar de gå igenom böckerna.

«Se här», säger han. «Den här sidan visar barn på Utö 1719. I januari får Per Månsson i Storbyn ett. Även Anders Nilsson i Nederbyn. I april kommer Eric i Vänsvikens barn. Inga fler antecknade det året.»

«Vad heter du», säger hon och tar med den hand som hon inte använder för tangentbordet och kramar hans hand hårt.

«Per. Jag ska berätta sen.»

«Mmm», säger hon och ser honom i ögonen. «Per fint namn.»

«Här har vi de gifta. 1716 gifte sig drängen Per Månsson med änkan Cherstin Ersdotter i Storbyn. Det måste vara samma som fick barn tre år senare.»

«Storbyn. Den var inte med på listan över de gårdar som brändes 1719», säger hon. «De brände ju varenda hus. Utom det i Prästbacken och smedjan Hur är det möjligt?»

«Har du gått igenom alla byar?»

«Vänta, nu minns jag, Byle. Två gårdar brända. Där har vi det, en av dem var Storbyn. Det stämmer ju. År 1718 dog Per Månssons barn», säger hon som nu bläddrat till döda och begravda. «När föddes det barnet.»

«Jag hittade det inte.»

De sitter med huvudena nära över hennes lilla laptop.

«Vänta», säger han. «Vi har en Olof Månsson i Storbyn som får en dotter 1715 med sin hustru som också heter Kerstin. Här står könet på barnet. Kanske Olof och Per var bröder med samma namn på fruarna. «

«Här har vi dopvittnena också, och se, Per Månsson och Anders Månsson från Muskö. 1718 får Olof och Kerstin ett barn igen och nu är Per och Cherstin vittnen.»

Han tittar noga i datorn och sedan på henne. Hon tar datorn närmare.

«Olof Månssons vigsel går inte att hitta», säger hon, «kanske gifte de sig på Muskö. Här har vi fått fram en hel liten historia om människorna i gården Storbyn. Där fanns bröderna Per och Olof som stammade från Muskö på andra sidan vattnet mot fastlandet och som hade varsin fru Kerstin. Små barn hade de nu båda, Per en och Olof två. Dessutom hade änkan Cherstin med sig någon eller några i boet. De som överlevt. Alla döda barn finns nog inte med. Inte missfallen heller.» När hon sagt det tystnar hon.

«Har du?» frågar han.

«Inga barn, nej, ingen man heller om du vill veta. Men ett missfall.»

«Stackars.»

«Ja, ja, du behöver inte ömka mig», säger hon. «Du då?»

«Inga barn», säger han.

«De hade nog var sitt hus i Storbyn», säger hon. «Eller om det var ett i Byle och ett i Storbyn. Lite öster om de andra byarna, mitt på södra ön. Fint läge. Det var väl som en enda by de där; Sörbyn, Storbyn, Norrbyn och Lilla och Stora Grundmar, Byle och Nederbyn. Små jordbruk som drygades ut med fiske oh jakt. Frid och fröjd efter den hemska pesten nio år tidigare. Kanske bodde någon av fruarna där redan då sjukdomen slog till.»

«Och så kom ryssarna och de fick lämna allt hals över huvud och segla iväg, är det så du menar?»

«Ungefär så, ryssarna brände ned allt de hade. Se, kyrkböckerna är märkvärdigt tomma i flera år efteråt. Idag är det knappast ens rester av bebyggelse kvar, fast det mesta byggdes upp efter bränderna. Har du varit vid Byviken, det är klart du har, den åker man förbi på väg mot Ålö och Båtshaket. Jag skulle vilja åka dit till den lilla restaurangen vid havet någon gång. Där är det nog fint på sommaren. Byviken har du sett den från Utösidan?»

«Mmm», säger han. «Mitt favoritställe. Se här. 1710 hade vi fler från Storbyn som dog bland annat kyrkvärden Mats och ett par av hans döttrar.»

«Pesten», säger hon. «Den slog till då. Pesten slog till på östra sidan Östersjön och tsar Peter drev de pestsjuka framför sig när han skulle ta Livland, Estland och Ingermanland. De svenska som bodde där kom till Sverige i små båtar och så spreds pesten här.»

Han betraktar henne.

«Först dog Mats och två döttrar. Här andra oktober kyrkvärdens tredje dotter», säger hon.

«Hela familjen dog antagligen. Kanske änkan överlevde», säger han.

«Ja, kanske var det henne Per Månsson gifte sig med. Vilken historia. Det här sätter verkligen liv till min forskning.»

«Är du forskare?»

Hon bara ler.

«1719 var bröderna Olof och Per och de båda Kerstin ganska nygifta», säger Per och tittar på Julia. «Kanske ännu förälskade.»

Han tittar på klockan.

«Jag måste gå och arbeta», säger han. «Kan jag ringa dig sedan.»

«Idag då, för jag ska hem i morgon. Vad har du för nummer?»

Han tar hennes telefon och skriver in sitt nummer och hon messar sitt telefonnummer till honom.

«Jag ringer», säger han och skyndar ut.

«Tack för hjälpen», ropar hon efter honom.

Hon släntrar ut, eftertänksamt. På vägen utanför värdshuset tar hon några danssteg i den kalla vinden.

Juli 1719

De två svägerskorna som båda heter Kerstin har arbetat hela dagen på ett dagsverke för Edesnäs gård med att röja en åker. De är alldeles svettiga, det har varit ett hårt arbete och solen har lyst obarmhärtigt men nu är det juli och varmare än på länge, de har fått nog. Det är en hård tid med slåtter och fiske och mitt i allt detta dessa eländiga dagsverken som ger ett litet men nödvändigt tillskott till Storbyns kosthåll.

Den ena Kerstin sätter sig en kort stund på en stock alldeles intill kapellet på vägen hem. Hon tar av kluten från huvudet och torkar bort svetten från hårfästet och så sätter hon långsamt på huvudduken igen, När hon liks sjunkit ner blir hon sittandes så. Den andra Kerstin vankar fram och åter, hon vill gärna skynda på. Hon skulle kunna gå i förväg men hon vill inte lämna sin äldre svägerska.

«Hur är det», frågar Olofs Kerstin Pers Kerstin. «

Det är så de skiljer varandra, med männens förnamn. Pers Kerstin sitter med helt blank blick och håller kjoltyget mot ansiktet. Hon har blivit som helt stel. Hon svarar inte direkt.

«Karlarna väntar på oss, det finns mycket att göra med näten innan de ska i igen i kväll. Korna måste ses till och alla ska ha mat. Har du fått ont?»

«Förlåter du mig, jag kan inte låta bli att tänka på honom och flickorna. På tiden före pesten. På pesten. På hur de bara föll ifrån. Du vet, har man förlorat så många på så kort tid så glömmer man det inte. Varje gång jag går förbi här. Värre nu om sommaren. Du vet, det var sensommar då. Men, berätta inte för Per, snälla Kerstin, berätta inte för Per eller ens för Olof att jag är så här ynklig. Sorgen bara kommer över mig ibland.»

Hon håller handen för ögonen.

«Vi hade det fint i midsomras, visst hade vi det?»

Hon tar den andras hand.

«När vi dansade och sjöng samman och gjorde de gamla lekarna. Då var allt det här gamla glömt», fortsätter hon. «Så kommer det åter. Det kommer aldrig att gå över. Jag kommer strax. Lovar du.»

«Du kanske ska prata med den nya prästen»

«Jag talade med Jonas Grimsten, du vet prosten i Österhaninge, då när det hände. Även han är död nu. Han är den ende som jag har berättat för hur det har känts. Det är bara för honom och dig jag har berättat. Lova mig att inte säga något. De måste få tro att jag har kommit över det.»

Hon tar hårdare i svägerskans hand.

«Jag lovar.»

«Nu måste vi skynda på. De har nog fått mycket fisk som ska rensas och saltas. Vi har att göra. Tur ändå att vi vilade en liten stund.»

När de just rest sig ut och gått förbi kapellet ser de att några kommer från byarna i söder. Det är Olof och Per och barnen som kommer springande mot dem med en häst och några kor i följe.

«Ryssen», ropar de.» Vi måste iväg. Ryssarna har bränt Ornö och är på väg hit. Vi hörde från en annan båt ute vid Storskär att de bränt längre norrut. Alldeles nyss kom en ridande från gruvan och varnade oss om Ornö. Det är nog inte mycket tid vi har på oss.»

«Kan vi inte bara barrikadera oss i husen och vägra flytta oss?» säger Olofs Kerstin.

«Eller gömma oss i skogen», säger Pers Kerstin.

« Jag klarar inte att allt tas ifrån mig igen», säger Olofs Kerstin med gråten i halsen. «Inte en gång till.»

Hon håller händerna för kinderna.

«Inte bryr de sig om några svenskar. De ska skrämma oss ordentligt. Vår kung är död och vårt rike i spillror. Nu ska de kalasa på Sverige.»

«Vart kan vi bege oss då?» säger Pers Kerstin. «Till farbror och tant på Muskö. Kan det gå?»

«De kommer nog dit också», säger Olof. «Vi får bege oss till fastlandet. Långt bort, kanske Stockholm eller Södertälje. Titta här. Jag har tagit med pengar och de saker vi har som kan ha värde. Han som kom ridande sa att några bestämt sig för att gräva ned sådant på Trema, men vi behöver ju en reskassa. Kom nu!»

«Inte kan vi släpa på kopparkittlarna,» säger Olofs Kerstin. «Ta hit,» nästan befaller hon och så slänger hon bort den största kopparkitteln.

«Vi får lämna djuren i skogen och kanske gömma något av det här där», säger Per, och går och hämtar tillbaka koppargrytan.

Pers Kerstin kastar sig om sin mans hals men han rycker bort henne,

«Vi har bråttom», säger han.

«Våra verktyg», säger hon.

«Jag har gömt dem, under en båt på gården. Hoppas de inte bränner båtarna.»

Snabbt ger de sig av, först till skogen i öster och sedan ned till den kvarvarande båten vid Byviken. Sakta och under tystnad stävar de ut. Olof hissar seglet. Pär och hans fru ror. Olofs Kerstin håller om barnen som gråter. De ville stanna hos djuren.

Jonas

De ror innanför de små öarna som ligger ute i gattet mot My-
singen. På andra sidan sätter de seglet. Längs Utös insida mot
Mysingen går det bra. Vinden är förlig, sydlig och det går fort.
Gabriel håller rodret och Jonas och Sofia sitter vid varsin åra ifall
det behöver ros. Hon håller också utsikt över vädret. Molnen rör
sig fortare än vad de tar sig fram och den breda fronten närmar
sig söderifrån. De ska gå igenom hålet mellan Långbäling och
Kullbäling för att komma till Ornös utsida. Nu kommer molnen
och regnet, vinden vrider snabbt mer till ost. Det friskar i.

I gattet möter en kraftig körare från havet. Vita gäss. Sjön suger
i och de kommer knappt framåt och när de ska slå med seglet för
att kryssa kan de inte hålla emot. Seglet slår fram och åter utan
styrsel och Jonas och Sofia får kämpa för att undvika bommen
som svänger hit och dit. De måste reva och lyckas så småningom
med det. Sjöarna slår över båten nu och det regnar ihärdigt. De
blir ordentligt blöta.

De bestämmer sig för att gå på fastlandssidan, Mysingssidan,
om Kullbäling. Där är det lugnare. Gabriel är flink med rodret
och de lyckas komma in på västra sidan av ön. Sofia och Jonas ror
med varsin åra längs Ornös Ängsholme och kommer runt den in
i en lång och lugn vik. Längst in finns ett torp och några ängar.
Där söker de nödhamn och tar sig i land, våta och trötta. Det är
ingen där och de får gå vidare först genom en bergig och skogig
terräng och sedan över stora ekhagar och runt en stor mar. Det
är långt. Ovädret har gjort det ganska dunkelt.

Nu börjar det dessutom skymma. Det hindrar dem inte utan de
skyndar på stegen för att nå fram innan det blir riktigt mörkt. De
kommer så småningom fram till ett hus på en stor stengrund. Det
är Sundby, det säteri som ägs av greve Falkenberg på Sandemar.

Sofia är väl bekant med det enkla säteriet och den lilla byn. Hon har varit där med sin man. Även han har varit där med greve Falkenberg som äger stället. Greven är inte där men de blir väl omhändertagna och får låna torra kläder och blir erbjudna lite bröd och salt fisk och brännvin. Snart sitter de i en vagn och blir skjutsade i mörkret förbi Fågelsund och Lervassa och kyrkan och så hela vägen runt Kyrkviken. Stormen har mojnat och molnen lättat och viken är belyst av månljus. De når prästgården vid Degernäs sent. Där möts de i dörren av drängen och pigan och de av Gabriels syskon som är hemmaboende. Johan Wollrath ligger fortfarande sjuk på kammaren. Han har hög feber och barnen säger att han yrar. Sofia vill skynda in till honom men dräng och piga har mängder av frågor om sysslorna och hejdar henne i dörren. En ko har mjölkfeber och en annan ska kalva. Hon är trött och ber dem vänta till morgonen. Jonas går före in till Wollrath som sätter sig upp i bädden och försöker hålla igen på gnället.

«Jag mår inte bra ska pastorn veta», säger kaplanen.» Det surrar i huvudet och jag är mycket varm.»

Det ryker från ett glödgat och kryddat vin han har vid sidan och långsamt dricker ur mellan meningarna.

«Ta det försiktigt», säger Jonas. «Vad är värst? Överge oss inte. Vi behöver bror.»

«Jag ska inte gå i sjön», fortsätter kaplanen. «Broder Grimsten», han söker Jonas hand, «broder kanske kan hjälpa mig till något bättre värv än det här. Jag fyller femtio nästa år och jag klarar inte längre att flänga fram och åter mellan två så stora öar och en massa mindre. Begravningar hela tiden. Den förbannade pestilensen. Utö klagar att jag är där för sällan. Ornö klagar. Kymmendö lamenterar.»

«Bror gör vad han kan. Vad mer kan vi göra?»

«Jag försöker. På sjön varannan dag. Jag fryser pastorn, var är Sofia? Förlåt mig, jag kanske pratar osammanhängande. Det här är inget för min ålder. Kan bror hänga för fönstren, ljuset irriterar.»

Han tar luktsalt under näsan och Jonas ser att han ska till att nysa. Luktsaltet flyger runt i rummet. Då nyser Jonas också, ordentligt röd om näsan och fortfarande kallfrusen trots de torra kläderna.

«Broder Wollrath ska veta att han är uppskattad. Jag förstår honom hur som helst. Jag hörde att han nästan drunknade en gång.»

«En gång», säger Wollrath. «Flera gånger, men de menar väl den där gången då jag kom under isen och först inte hittade hålet jag drattat igenom. Det gick hur som helst bra den gången. Men herr pastorn förstår. Jag blir ofta sjuk också.»

Han nyser igen.

«Det kanske finns något i Närke eller Södermanland», säger Jonas som huttrar av kaplanens berättelse. «Något lugnt ställe som passar bror bättre. Det är klart jag ska lägga ett gott ord till Strängnäs, till stiftet.»

«Kan pastorn hålla söndagspredikan här? Jag är inte bra nog till dess.»

«Jag har en begravning och två giftermål. Har redan missat en annan begravning. Det går nog inte.»

«Snälla pastorn. Komministern klarar Österhaninge. Här ute går vi under.»

«Jag höll predikan för de fåtaliga stackarna torsdag förmiddag i kapellet på Utö.»

«Och gruvan?» frågar Wollrath.

«Nej där behövde de inte omedelbart lyssna till Guds ord, vad jag såg. Tre nätter tillbringade jag på Utö. Jag mår inte bra själv, Se här mina utslag. Någon föreslog att det var pesten. Jag vet inte. Något är det.»

«Tror jag inte. Prosten är stark. Med mig är det värre. Kommer jag inte härifrån dör jag på stället.»

«Ryck upp sig», beordrar Jonas. «Vänta, det är ju redan fredag sent, jag blir helt dagvill, det har varit mycket, jag kommer inte hinna till begravningen. Jag som var hos änkan där på Gålö på vägen till Utö. Det finns ju inte en möjlighet att jag kommer att hinna. Jag hinner nog inte heller till högmässan första söndagen efter påsk. Jag får stanna här till söndag. Det får bli som bror säger. Ta det nu lugnt så klarar han sig. Få se om mina kläder torkar till söndag.»

Sofia kommer in och klappar om sin man.

«God natt», säger Jonas och lämnar de två och söker upp sitt nattkvarter.

Juliya

Huvudet är fullt av Per men också av de boende i Storbyn. Hon tänker sig sjuttonhundratalets Per ungefär som den här Per. Fundersam och kärvänlig och attraktiv. Boende på Muskö först, den där stora ön närmare land. Son till en Måns. Bonde antagligen. Kanske båtsman. Han flyttar hem till brodern som gift sig på Utö. Blir dräng där. De hade det väl inte så fett på Muskö. Utö var bättre, tänkte de då. Ön skulle byggas upp igen efter pesten. Lite nybyggaranda. Han möter Kerstin, sin änka. Hon har säkert haft det hårt sedan mannen dog. Måste kanske gifta sig. Eller så kom han äntligen, den hon längtat efter. Vem vet. De får barn och barnet dör. Det är bara att börja om, hur svårt det än kan tyckas. Då var det tyvärr vanligt. Det är svårt att förstå hur det kändes när man visste på förhand att barnen hade lika stor risk att dö som chans att leva. Ändå försökte man om och om igen. Men vad hade de för val? Inga preventivmedel och ingen pension eller livförsäkring annat än att barnen skulle ta hand om en. Som historiker måste hon försöka förstå sådant. 1719 sprang deras och broderns två barn omkring på gården och det lyste av välgång. Just när solen lyste som vackrast kom ryssen.

Tankarna kastar hit och dit. Hon tänker på mamma och mannen på Utö som dog. Hon undrar vad som är sant och inte.

Hon har inte nått mamma sedan hon kom till ön. Var är hon? Juliya är orolig. Har mamman blivit sjuk i corona eller något annat. Kan hon ringa nu? Det är väl middagsdags hemma. Hon tar fram telefonen. Inget svar. Återigen är det omöjligt att nå mamma.

«Mamo», säger hon halvhögt för sig själv, «var är du Mamo?»

Hon går runt utan mål. Runt hela gruvan. Längs grusvägar där hon inte varit utan att riktigt se naturen. Ett par rådjur springer undan. Hon går förbi ett vildvuxet växthus som ser ut som om det organiskt hänger samman med naturen runt omkring. Hon ser det knappt. Hennes tankar går runt. Hon har svårt att nå sin mor.

Hon funderar på allt hon kommit fram till och hur hon ska beskriva det hon nyss fått reda på. På sjuttonhundratalet hade svenskarna kungen i Bender i det som nu är Moldavien. Vilken skillnad.

Tänker på Per. Hon vet så lite om honom. Hon bredde ut sig och berättade nästan allt. Han sa inget men tog initiativ. Han kanske är gift eller har en flickvän. Det vet man väl hur det är i restaurangbranschen. Jobbar nära varandra och sent. Unga människor allihop. Det är klart att det ges många möjligheter. Om de ska ses mer måste han berätta.

Han kan inte ha någon. Då skulle han inte betett sig så här. Hon fantiserar om hur det skulle kunna bli för henne och honom. Drömmar, fantasier, larviga tankar. Hon har alltid tänkt sig en karriär på universitet, bo i Kiev eller någon annan stor stad i Ukraina eller kanske något grannland. Sverige har hon inte skänkt en tanke, inte som bostadsort.

Hon måste lugna sig. Vänta, är det något hon har missat som hon behöver kontrollera innan hon far hem i morgon. Ska hon verkligen åka hem i morgon?

Nu har hon gått en lång stund. Hon ser restaurangen borta till vänster men bestämmer att hon ska ta vägen åt höger. Hon behöver tänka mer. Går förbi ett par röda hus och ser ett högt vitt torn. På en tomt ser hon damen från hembygdsföreningen igen. Hon hejar på henne och frågar om tornet.

«Sista försöket till gruvdrift», säger damen. «På nittonhundra-femtiotalet. Det blev inget. Då hade det nog blivit ännu en enorm förändring på ön.»

«Jo, det är en sak jag har funderat på», säger Juliya. «Var de i gruvan förmer än de på södra ön. Fanns det ett vi och dom.»

«Som mellan bofasta och sommargäster idag», säger damen och skrattar. «Eller mellan krogens personal och andra som arbetar här. Och mellan de som är mer fasta sommarboende och dagsturisterna.»

«Det visste jag inte, finns det sådana motsättningar, kanske något sådant, sociala grupperingar, skiktningar.»

«Det tror jag säkert», säger hembygdsdamen, «i kyrkböckerna beskrivs ofta gruvan för sig. Det är klart att de var lite för sig själva. Överheten umgicks förstås med varandra. Intendenten, befallningsmannen på säteriet och prästen när han var här. Ett tag ägdes Edesnäs av gruvan. Hundra år senare flyttades prästgården till gruvan för att disponenten och prästen skulle kunna spela kort. Det är den där röda i backen med en flygel som är kvar från före 1719.»

Hon skrattar och så bjuder hon in Juliya på kaffe och de pratar om allt möjligt. Juliya frågar om det gamla kapellet som ryssarna lät bli att bränna..

«Vet inte varför de sparade det», säger damen. «Gjorde de inte så överallt?»

Juliya nickar.

«Utö hade ingen egen präst», säger damen. «De hade kämpat länge för det men fick dela kaplan med Ornö. Jonas Grimsten var prost i Österhaninge, det ligger nästan vid Brandbergen och Handen, han var ett slags överstepräst för Utö också. Han gjorde väl vad han kunde, bland annat ordnade han insamling så att kapellet som var förfallet kunde byggas nytt vid sekelskiftet mellan sextonhundra och sjuttonhundra.»

«Kapellet var ganska nytt 1719 alltså. Tur att det inte brändes.»

«Det märks att du gillar Utö, det gläder mig», säger damen.

«De där härjningarna var hemska, jag förstår dem inte och ändå ska jag beskriva dem, bäst jag kan i min avhandling.»

«Vad trevligt att du skriver om Utö. Från öbornas perspektiv verkar det som.»

«Man behöver inte stå upp för allt dumt ens land gjort», säger Juliya, «och förresten är jag ukrainska.»

När Juliya börjar gå mot ryssfängelset är hon lugnare. Hon ska väl ändå åka hem i morgon. Hon går in och börjar samla ihop sina saker. Ikonen tar hon i fickan. Den är inte större än att den får plats. Är det något mer om mamma hon behöver ta reda på?

Hon lägger sig på sängen och vaknar inte förrän det är sen morgon och en ny dag.

Det blåser upp
dimman lättar
över fladerna

nu ska näten hämtas in
abborrnäten vid udden

ålryssjan lite längre ut
piggvarsnätet nära botten

se hur det sprattlar i båten
silverglänsande

in på land
inget får tappas

stora fiskar i sumpen
små till djurföda

näten hängas upp och rensas
spara tång och alger att lägga på landen

sen ska näten granskas
lappas, lagas, sys

kaffe och sup i boden efter förrättat värv
om kvällen ut igen fast kylan biter

Jonas

Så står Jonas Grimsten i Ornö kyrka och håller predikan första söndagen efter påsk. Ornö har en större kyrka än Utös lilla kapell. Den är byggd i liggtimmer med spåntak. En fin träkyrka alldeles där man från vägen ser en bred vik av havet. En lummig kyrkogård med lindar och ekar.

Ornö har ungefär fyrtio gårdar och drygt tio torp. Inte mycket mer än Utö, men ön är större. Sedan tillkommer öarna runt omkring. Kymmendö, Fjärdlång, Mefjärd. Tillsammans blir de betydligt fler än på Utö häromdagen. Det är ganska många som har kommit, trots att pesten tagit många även här. Han läser dagens text, den som handlar om Jesu uppenbarelse och också om att det spirar något nytt, det har med dopet att göra.

Han slutar med att dagens text har med hopp att göra och om att börja på nytt.

«Nu är det värsta över och vi har hopp igen», säger han. «Snart ska också er kaplan tillfriskna. Jag är glad att få se alla er från hela Ornö och många av dess öar så förväntansfulla, för vad kan man vara annat när våren är här, vår Gud uppstånden och sjukdomen snart överstunden. Vi får bara hoppas att vår konung snart är åter och att den krigiska lyckan ska vända. Vårt land är värt ett bättre öde. Vi ska klara det och hela vårt pastorat ska blomstra. Tack alla för att jag fick vara med er idag.»

Han har försökt sprida hopp och vid nattvarden tackar en och annan honom. Han är nöjd med vad han sagt men vet inte riktigt vad han ska tro för egen del. Det har slutat göra ont i nacken. Utslagen har gått ner efter att han baddat med brännvin morgon och kväll. Han är trött efter de senaste dagarnas strapatser och hoppas att han ska få fara hem snart. Om kungens återkomst tvivlar han.

Han är också orolig för vad ryssen ska hitta på härnäst. Han vill bara ha ro och komma hem.

Sofia skjutsar honom från kyrkan till Degernäs.

«En fantastisk predikan» säger hon. «Den idag och den i Utö kapell. Han har verkligen gåvan.»

«Tack», det är det jag är till för. Gubben är inte helt slut.» Hon flyttar tömmarna till andra handen och klappar honom på handen.

I prästgården har Wollrath lämnat sängen, sitter upp och röker pipa.

«Tack för att prosten tog predikan», säger han. «Nästa klarar jag själv. Måste till Utö nästa vecka. Det blir där då. De är få men de är svältfödda på Guds ord. Det värsta är att den duktige Mats Jönsson och många av hans barn strök med i pesten. De behöver ledning där ute nu, tack för att bror åkte dit.»

« Ja, så fruktansvärt med Mats» säger Jonas», jag kommer ihåg honom med värme. Och barnen också.»

Han skakar på huvudet, vrider och vänder på sig.

«Mats kallade samman folket även de söndagar jag inte kunde komma. Han var en klippa.»

«Gabriel ska ta dig hem» säger Sofia. «Skjuts till Hässelmara och sedan rodd till Årsta slott, tvärs över Mysingen. Det är mycket lugnare på vattnet nu.»

«Tack bror, då kan jag tala med Dalaröprästen också, han har ju sin gård där i Hässelmara. Om han är där. Pesten har gått så hårt åt Dalarö också, visst över hundra döda där också.»

«Farbror kan inte stanna till länge hos kollegan», säger Gabriel. «Jag ska vidare till Strängnäs, ska vara där redan om två dagar. Vi far om en timme, tid att packa.»

Juliya

Per ringer till lunch och igen när han slutat för dagen och hon bestämmer sig för att gå till värdshuset och möta honom. Hon ser den stora stenhögen som ryssarna skulle vräkt ned. Det måste vara hundratals ton. Hon tar upp en sten och kastar i gruvan. Så kommer han och känslorna griper tag i henne med full kraft. Nu måste hon lägga band på sig. Hon vill veta mer om honom

De går bortåt gruvan och hon pekar på det gula huset och säger att hennes mamma arbetade här en gång och nog bodde där. Han tar med henne in dit, huset är tomt, det är några konferensrum i nedervåningen och där uppe är det gamla bostadsrum som nu är kontor. I ett rum står en säng.

«Här har jag bott», säger han.

«Och kanske mamma», säger hon.

Han tar tag om henne och lyckas stjäla en kyss men hon slingrar sig undan.

«Vänta, vi är inte där», säger hon tvärt.

Han tar hennes hand och ser henne i ögonen.

«Kom, jag ska visa var jag bor.»

De går rakt tillbaka där hon kommit ifrån, förbi gruvorna och svänger inte åt höger mot fängelset. Han bor i ett stort rött trähus rakt fram.

«Det här är Fågelsången.»

Han bor i en liten lägenhet en trappa upp, ett rum och ett litet kök med en gammaldags järnspis. De sätter sig på sängen och han värmer vatten i mikron och bjuder på kaffe. Så börjar han berätta om restauranglivet. Först sommararbeten på skidorter och badorter, säsongsarbete, sedan ville han lugna sig och tog det här arbetet på värdshuset. Han är glad att ännu ha arbete. Många har fått gå när antalet gäster störtdykt på grund av att ingen vågar boka nu under pandemin.

«Vi får se hur länge det blir. Kanske är det slut till sommaren. Men jag klarar mig», säger han. «Du vet jag har börjat gilla miljön här och skulle kunna tänka mig att försöka bli fiskare eller något.»

«Det lönar sig väl knappt.»

«Mångsysslare får man nog bli, tillsynsman åt skärgårdsstiftelsen, snickra lite, jag kan lite sådant, och så fiska som sagt.»

Hon stryker honom över kinden och han håller henne länge och tyst.

«Berätta lite om det där gula stora huset», säger hon och pekar på ett rappat hus hon gått förbi fler gånger.

«Slottet kallas det, fast det var en gång gamla gruvarbetarbostäder. Där bodde diktaren Gustaf Fröding. Just i det huset skrev han en känd kärleksdikt, skildrade fysisk kärlek och blev stämd och dömd för det.»

De står i fönstret och nu håller hon om honom. Han berättar att han är förlovad men att han nu vill bryta förlovningen. Han berättar också att han kommer från en liten by utanför Umeå som ryssarna ockuperade 1809.

«Ryssar igen», stönar hon men tystnar snabbt för att låta honom fortsätta berätta. Han berättar om sina drömmar att öppna en liten restaurang, gärna med fisk.

«Svensk sushi», föreslår han. «Färsk och inlagd fisk på knäckebröd.»

«Jag kan bidra med kyckling Kiev och Solyanka. Alltid soppa på resterna, med en klick Smetana på. Vi kan odla rödbetorna själva.»

«Och kycklingarna», säger Per.

De hör en höna som kacklar från gården bakom huset.

«Nu förstår jag varför det heter Fågelsången», säger Juliya och skrattar, «man kan göra soppan på fisk faktiskt. Jag ska fortsätta med historia och forskning först och främst. Det andra får bli en hobby.»

«Jag historier och du historia. Man måste ha många järn i elden här ute.»

«Larva dig inte», säger hon och kysser honom.

De blir ett par där och då. Föreningen är innerlig på ett sätt som hon inte varit med om förut. Det handlar om något annat än tillfällig attraktion. Åtminstone är det hennes upplevelse. Han har respekt för henne, det har hon märkt direkt. Hon vill dela hans liv, tänker hon. Samtidigt finns som alltid en oro, varför skulle detta lyckas när inget annat gjort det. I bakgrund finns hennes föräldrar. Varför ska hon lyckas när de misslyckades så.

«När kom du till Utö första gången», frågar hon.

«Förra sommaren», säger han. «Men vet du, min farbror har släktforskat och han påstår att det ska finnas någon anfader som bott på Utö eller om det var i Österhaninge. Något med Utö, jag kommer inte ihåg. Jag var inte så intresserad när vi pratade.»

«Vad spännande, vet du mer? Kanske kan vi hitta något i kyrkböckerna.»

«Han kan ha tagit fel, det finns ett Utö i Finland också. Och det där vet man ju inte vad om är sant med, det är ju bara kvinnan som vet om det är rätt far.».

«DNA finns ju», säger hon.

«Det var visst någon båtsman eller en präst. Jag kommer inte riktigt ihåg.»

«Hette han Grimsten?»

Han skakar på huvudet. Han vet inte.

«Ring din farbror», säger hon.

«Inte nu, din tok.»

«Vi får ta reda på det sedan.».

«Kom ska jag visa något jag tycker om», säger han snabbt och tar hennes hand och visar att de ska klä sig och gå ut.

Han drar med henne mot värdshuset. Så går de vidare mot Gruvbryggan, nerför en annan backe den här gången förbi en tennisbana. Han tar med henne till en motorbåt som ligger vid den lilla bensinstationen och så drar de ut på vattnet, Det börjar skymma men de åker ändå. De åker rakt söderut och kommer så småningom fram till Ryssundet mellan Utö, Ålö och Rånö. Båten är liten och kommer in även i Gimmersundet mellan Ålö och Utö, men de kommer inte ända in i Byviken. De stannar där en stund och hon försöker beskriva för honom var husen låg och hur det såg ut förr.

«Det var inte det här jag skulle visa dig», säger han och de åker ut inunder bron mellan Ålö och Utö igen och så in i det smala Ryssundet mellan Ålö och Rånö. Han pekar ut Båtshaket och den höga ön Stora Björn, och så byter de riktning och fortsätter norrut upp längs Utös utsida. Han lyser med båtens starka strålkastare och de ser säl och örn och faktiskt ett streck med alfågel.

«Här var mamma», säger hon.

De kör nära Hamnudden där de båda visar och gestikulerar.

Då ringer hennes telefon. Det är från Ukraina ser hon på numret. Är det mamma? Nej, inte hennes nummer. Hon hör en röst som avbryts.

«Hon är död.» Hon hör att det är hennes bror i andra ändan. Han talar på ukrainska.

Hon hörde inte vem som var död. Det får inte vara mamma. Hon ringer upp igen. Det går inte att komma fram. Så irriterad hon blir. Är det hennes mamma, hennes syster, hennes kamrat. Antagligen någon av hennes babusjkor. Mormor var sjuk, hade han skrivit i sitt mail. Kanske mormorsmor eller någon av mostrarna. Juliya vill ha dessa länkar kvar, dessa kvinnor som kämpat så, som tagit hand om henne.

Samtidigt lägger han båten mot en brygga på en ö och ber henne hoppa av.

«Vem är död», säger hon.

«Vad menar du?»

«Jag fick ett telefonsamtal från brorsan. Någon är död.»

«Vad ska jag veta?»

«Ingenting. Förlåt. Jag måste ringa upp igen. Det är så mycket information och så lite jag vet. Det gäller för min uppgift här också. Om dig vet jag inget», säger hon.

«Vi vet alla för lite, men du är ju här för att ta reda på saker, eller hur. Tänk dig att det här är Apraxins fartyg och att han strax ska beordra sina män att bränna hela ön. Hur tänkte han. Att veta handlar om att leva sig in. Det här är Storskär som jag ville visa dig.»

Hon ser sig om.

«Fint. Apraxin visste inte hur vackert det var och vilka liv de levde på Utö», säger hon.

«Att föra krig är kanske just att inte leva sig in», säger han. «Men nu är vi inte i krig utan vi skriver historia. Vår egen och sjuttonhundratalets historia på samma gång.»

Det är nästan mörkt men hon kan ännu se Utö fast ön verkar vara långt bort. Här blåser det ännu mer. Ön är en enda stor klippa med ett par väldigt vindpinade tallar och lite gräslök i några skrevor. Hon har svårt att hålla sig rak i den friska vinden. Det finns en liten grå stuga med en kamin. Det är en tunn plankkonstruktion men det blåser inte in. Han håller om henne och hon märker att han vill mer, men hon bryter sig loss. Hon sätter sig högst upp på berget där det blåser som mest och håller armarna om kroppen.

Han kommer efter henne, men hon slår ifrån sig.

«Det är bra nu», säger hon.

Han blir orolig och pockar på ett svar vad hon menar men hon är trulig och säger att hon ska åka hem. Han fortsätter att tjata.

«Jag vill inte binda mig för någon eller något», skriker hon. Han håller om henne.

«Varför säger du så, vi kan väl försöka», ber han, ömkar han.

Hon börjar gråta.

«Det är inte ditt fel», säger hon. «Det bara är så. Jag har sett så mycket elände.»

«Dina föräldrar. Var det svårt när de gick isär?»

«Innan, när de skrek och kastade saker och han söp och hon grät. Du vet inte vad ett eländigt ukrainskt sovjetliv är.»

«Ge mig en chans», vädjar han.

Då ringer det igen, men bryts lika snabbt. Mottagningen är fläckvis här ute. Det känner hon igen hemifrån. Plötsligt känner hon sig mycket ruggig. Hon skakar och det är som en frossa. Han närmar sig försiktigt och håller om henne. Hon säger att hon tror att hon är sjuk. På väg ned till båten berättar hon om sin diabetes.

«Du har feber också», säger han.

«Har jag det, det är inget jag känner igen som diabetes», svarar hon.

«Mycket varm», säger han,

Per kör så fort han kan mot Rävstavik, bromsar hårt utanför gattet. Han måste köra mycket långsamt den sista biten, även om båten är liten är det lätt att motorn slår i botten särskilt så här sent när sikten är begränsad..

Han för henne försiktigt framåt, de tar skogsvägen som är lättare än att gå över klipporna. Det går långsamt. Han väljer att ta henne till Fågelsången. Där finns vedspis och elelement och även om det skulle bli frost har de det varmt och de har vatten. Han bäddar ner henne och går och hämtar hennes saker i ryssfängelset. Han sover i fåtöljen.

På natten snarkar och yrar hon. När hon vaknat berättar hon att hon drömt att hon mötte prosten Grimsten vid Brantvarpet. En liten rund kyrkoman. Han hade bölder på halsen och ville först inte visa sig. Hon hjälpte honom till gruvbyn där det fanns en kyrka med lökkupol och en präst hade svängt ett rökelsekar som skulle göra dem friska. I bänkarna satt Per och Olof och deras båda Kerstin. Rökelsekaret flög iväg och kyrkan började brinna.

Per baddar Juliya på pannan och hon somnar om. Om morgonen har hon först svårt att andas och är mycket varm. Han bjuder på frukost men inget smakar.

Det ringer från Ukraina igen. Nu är mottagningen bra. De vill att hon ska komma till mormors begravning.

«Det gick så fort», säger hennes bror.

«Vad var det?»

«Covid, corona, Inte så många fall i Ukraina som hos er, vad jag förstår. Ändå drabbades hon. Mamo skötte henne först men hon kom för sent till sjukhus.»

«Hur är det med mamma? Jag har försökt nå henne. Hon är väl inte sjuk, hon också?

«Nej, men hon tog mormors död hårt. Det är inte bra med henne, men hon klarar sig.»

«Hon har inte fått det också?» frågar Juliya med en klump i halsen.

Han mumlar ett nej,

«Är det säkert. Ni ska inte vara nära varandra», säger hon och det blir tyst i andra ändan. Nu gråter hon. «Det är mitt sista band riktigt långt bakåt», säger hon, «en generation som försvinner.»

Hon klarar inte att samtidigt ha så tung andning och sörja. Hon klarar knappt att svara brodern.

«Jag är sjuk», viskar hon. «Jag ringer snart. Kyssar till alla.»

Hon lägger på just som brodern frågar något om Covid. Hon förstår genast att hon lämpat över massa oro på honom. Det är inget att göra åt. Hon försöker stappla sig upp, men måste tillbaka till sängen. Per hjälper henne.

«Vi måste få tag på en läkare», säger han. «Det kan vara viruset.»

«Och vad tror du doktorn gör? Man ska inte söka sjukvård i onödan, det är väl en del av det myndigheterna säger som ett mantra. Inte vara till besvär. Hur ska en doktor komma hit ut?»

«Det struntar jag i», säger han. «Det får de ordna.»

Nu känner hon sig för omtöcknad för att svara och hon låter sig ledas dit han vill. Han försöker ringa en kamrat som är läkare men får inte tag i honom. Han ringer 1177 för att se vad det finns för sjukvård på ön,

Efter en halvtimme kommer han fram och de frågar hur hon mår. Nu andas hon mycket tungt och hennes kropp häver sig för varje andetag.'

«Vänta en dag, så får vi se», svarar sköterskan.

«Vad vet hon om dig», säger han när han lagt på med en suck.

Han vet inte om han vågar lämna henne. Febern är hög och hon flämtar. Han måste gå till restaurangen och anmäla att han inte kan arbeta och samtidigt be om hjälp. Han förstår att han antagligen också blivit infekterad och ställer sig vid köksingången och ropar in. En av hans arbetskamrater ställer ut en korg med te och bröd och whisky. Han lovar att swisha pengar.

«Jag kan be dem dra det på din lön», svarar kollegan.

Nästa natt är en plåga. Han håller om henne och hon låter honom. Det blir lite lättare av hans omsorger. Hon har högre feber och vill fortfarande inte äta. Om morgonen ringer de 1177 igen. Telefonrösten undrar om de inte kan ta sig till fastlandet. Till slut kommer de fram till att de bör vänta ett dygn till. Han sitter och oroar sig. Hon försöker sova men kan inte. Hon försöker skriva. Inte heller det lyckas.

«Skatten», säger hon.

«Vadå skatten, är det något du ska betala, eller få tillbaka.» Han undrar om hon yrar.

«Guiden sa att de grävde ned guld och smycken på Trema gärde 1719. Då när ryssarna kom och skulle bränna.»

«Det är nog bara en skröna. Det var några arkeologer som grävde där för några år sedan har jag hört. Det är väl ingen som har hittat en skatt.»

«Man borde leta», säger hon och somnar sedan.»

Han går ut en sväng. Han måste ha luft. Han går förbi Slottet och tar vägen mot Trema gärde. I skogsbrynet stannar han och andas. På ängen nedanför går några får. Var det här eller på själva gärdet som skatten skulle ha gömts. Han går några hundra meter till in i skogen. Han sparkar lite i jorden. Efter ett tag vänder han åter. Snabbt går han tillbaka men hon sover ännu, alldeles rosig om kinderna. Vrider och vänder sig i sömnen, andas tungt. När hon vaknar mår hon bättre och han kan gå och arbeta ett par timmar. När han är åter är hon sämre igen, avsevärt sämre. De beslutar sig för att avvakta natten.

Nästa morgon andas hon väldigt djupt och är knappt kontaktbar. Han ringer igen och hon flåsar så högt att det hörs i andra ändan i luren.

«Vi skickar en helikopter», säger nu kvinnan på sjukvårdsupplysningen.

De tar en flakmoped som egentligen är grannens, hon på flaket och han kör, beger sig förbi gruvan mot backen ned mot Mysingen framför restaurangen. Han lyfter henne över ryggen som en säck den sista biten.

«Min dator», klämmer hon fram och han sätter henne på en bänk vid tennisbanan.

«Hämta den. Jag klarar mig här. Glöm inte ikonen», viskar hon.

Hennes ikon har hon tagit med till Fågelsången och ställt ovanför vedspisen. Han lyckas inte starta mopeden, skriker och åbäkar sig och får springa tillbaka uppför backen till Fågelsången efter datorn och ikonen. Först hittar han inte datorn och skriker av frustration. Så bestämmer han sig för att gå mer metodiskt till väga. Det tar säkert fem minuter, den ligger under sängen. Han tar hennes ryggsäck också och hinner tillbaka innan helikoptern kommit. Hon tar ikonen och kramar den så hårt hon kan. Efter en väldigt lång halvtimme är helikoptern där och landar bredvid tennisbanan. Helikopterpersonalen lyfter upp henne på en bår och skjuter in den i helikoptern.

«Covid», frågar en ambulansperson med visir och plasthandskar.

«Vet inte», viskar hon fram, «jag fick problem med insulinet och sedan svårt att andas.»

«Feber», frågar ambulanskvinnan. Juliya nickar. «Smak?» Hon skakar på huvudet.

«Ska mannen med?»

Juliya skakar på huvudet.

Motorn har gått på lågvarv när de steg på helikoptern. Nu rusar den igång och de kan inte säga mer till varandra. I helikoptern känner hon sig ännu sjukare samtidigt som hon blir helt lugn. Kvinnan håller henne i handen. Trots att utrustningen skapar avstånd lugnas Juliya av henne. Hon ser en skylt på sköterskan. Tamara står det. Tamara ambulanssköterska. Hon vill att Juliya ska säga sitt namn och personnummer.

«Ukrainy, inozemtez, zapretnaja zona», får hon fram mellan flämtningarna. Ukrainska, utlänning, förbjuden zon.

Tamara skrattar. «Från Ukraina, jag med.»

Innan helikoptern hunnit lyfta plingar det till i Juliyas telefon. Det är ett sms från Per. Han säger att han kommer efter och att han vet att hon klarar det. Hon svarar med en emoji, ett hjärta. Snabbt är de uppe i luften, Juliya andas djupt, inte bara på grund av andningssvårigheterna utan på grund av det hisnande i att stiga rakt upp och av Pers omsorg. Hon kan inte se mycket där hon ligger där bak, bara en liten glimt genom ett runt fönster i den bakre dörren. Utö försvinner och blir snart en prick i fjärran, längre bort syns horisonten mot öster.

Tiden är en konstig sak
den går bara framåt
ändå
far vi ofta genom tiden
baklänges
med expressfart

utan att ha en aning om
hur det verkligen var
var vi kommer ifrån'
och vart vi är på väg

det är svårt att känna
vad de kände
och förstå
som de förstod
som inte hade sin framtid klar för sig

vi får en bild och det enda vi vet
är att den är fel

skönheten liksom djävulen ligger i detaljerna
de kor som mumsar på strandängarna
den fiskebåt som ror till stan
de föräldralösa barnen

vi gissar och tror
som de gjorde
fast vi tror att vi vet mer än dem
det gör ju alla
efteråt

Till slut

Kyrkboken från Utö, som är bilagd på följande sidor, visar pesten 1710 i all sin omfattning och nakenhet. Den slog mycket hårt och urskillningslöst på denna ö.

Pandemin skrämmer hela världen när denna bok skrivs. Den sker i ett globaliserat samhälle med blixtsnabb kommunikation över klotet. Den här pandemin är inte värre än pesten men mer global. Ekonomin är också global och tillväxtberoende nu och påverkas på ett annat sätt än då.

Vi vet så mycket mer om medicin idag än på sjuttonhundratalet och läkevetenskapens framsteg har gjort att vi känt oss odödliga. Det är därför svårt för oss att förstå att nya sjukdomar inte avhjälps så lätt. De gamla infektionerna förebyggs med vaccin och om det är bakterieinfektioner som pesten botas de med antibiotika, så länge det nu är effektivt. Infektionerna kräver annars samma typer av förebyggande insatser som vi känt till länge; håll avstånd, sätt folk i karantän, tvätta händerna och bär munskydd. Det som skiljer från 1700-talet är inte minst att hygienen har blivit bättre och att andningshjälp, näringstillförsel med dropp och annan modern sjukhusvård har tillkommit. Nu kommer också mediciner och vaccin mot viruset.

Pesten var ingen ny sjukdom 1710, den var känd sedan minst uppemot fyrahundra år. Ändå stod man handfallen.

Några böcker som gett mig vägledning och inspiration:
Harriet Hjorth Wetterström: Utö, ön som var ett paradis
Magnus Västerbro: Pestens år
Ulf Sörenson: Skärgården, vägvisare från Örskär till Landsort
Gunnar Lind: Brända hemman

Jag vill också tacka Erik Grundström, min lektör, Ann Wallin på Utö hembygdsförening och mina vänner Göran Parner och Gunnar Ståhl samt min son Staffan Kahn som läst och kommenterat. Staffan Bergh har hjälpt mig med Utös dödbok. Göran Fagerström på Bokverket har hjälpt mig med redigering. Inte minst vill jag tacka min svärfar Valo Sundin, som skaffade det lilla sommarställe på Utö som jag har varit vid varje sommar sedan 1970, utom detta pandemins år 2020. Utö lämnar man inte i första taget.

**Utdrag ur kyrkboken över döda (lik begravna)
på Utö under månaderna juli till december 1710**

Juli 25
hustru Catharina Noorgreen ifrån Perno 1.28.15

Aug 7
hustru Anna Pehrsdotter ifrån Grufvan ætas 72
åhr

Aug 21
Jacob Nilsson grufarbetaren 43
hust Karin Nilsdotter Lars Olufssons hust ifrå
Grufvan [inskjutet] 43 åhr
hust Brita Gustafsdotter, Cal Pehrs hustru ifrå
Grufvan 27
Olof Anderssons dotter Karin ifrå Grufvan 11
veckor

Aug 7
Ingri Nilsdotter i Krokan 54 åhr

Sept 4 af Probsten begrafne, i Pestilentien döde,
alla ifrå d 7 Augusti
Nils Olufsson skomakare ifrå Roskars torp
Hustru Maria Jönsdotter ifrå Stenetäppan (inhys?)
Nils ??sons Enckia och des son Lars

(Hamnudds??) Enck hustru Ingar (Påls?)dotter ifrå
Byhle
Sahl Anders Anderssons dotter Margeta ifrå Bÿhle
Sahl Mats Jönssons dotter Karin ifrå Stoorbyn
dito även des dotter Ingar samma gångh begrafven
Anders Matz dotter Karin ifrån Långvik
Mats Anderssons dotter (??) Brita ifrå Grund

29

Sept 18
Olof Hindersson Grufarbetaren
Hans Matz Enck hust Malin ifrå grufvan
dito dess son Nils och son Mats
dito dess dotter Karin
dito (Håkan?) ifrån grufvan Carl Perssons son
Matz Erikssons hust Margeta Pehrsdotter ifrå
Byhle
dess dotter Kerstin ifrå Byhle
Tienstegoßen Mats Mattsson Frijmodigs son
Matz Jönsson kyrkwärd ifrå Stoorbyn
dess dotter Malin ibidem
Anders Perssons hustru Karin ifrå Hamnudden,
inhyses
Pehr Månssons hustru Karin Andersdotter ibidem
Anders Matssons son Matz ifrå Långvijk
Sahl Erich Olussons son Oluf ifrå Grundmar
[mellan raderna] (dotter ??)
Oluf Erssons son Oluf ifrå Stentäppan 8 åhr
Erich Mårtensson Capitens son ifrå Stentäppan
alla döde av Pestilentien och på 1 gång begrafne

af Johan Wollrath Gud ware oss alla nådeligh och
afwände detta swåra synda straffet hos Jesu Christi

Octob 2
smeden Georgh Fexers hustru Kerstin Olufsdotter
dess son (Ol.? och?) dotter 5½ åhr
hust (Sigri?) Pehrs
Jan Olufssons hust Anna
dess son Oluf om 5 år 9 månad
En löske pijga Anna Suan:
Sahl Lars Larssons dotter Karin
[alla dessa i klammer till höger:] ifrå grufvan

Anders Persson i Hamnudden
Pehr Månsson ibidem
dess lilla son Måns Persson
Oluf Erichsson från Stentäppan
Erich Mårtensson Capiten ibidem
Anders Nilssons hustru i Norrbyn, hust Karin
Månsdotter?

Oct 2
Mats Jönssons dotter Maria ifrån Stoorbyn
dito Ingre Larsdotter ifrån Stoorbyn
Anders Nils dotter Ingre på Cappelsbacken
Oluf Matssons son i Söderbyn
Anders Matssons hustru Karin ifrå Långvijken
dottren Ingre Andersdotter
flickan Annika Larsdotter ifrå grufvan [inskjutet:]
död i Långviken

Oct 16

Mårten Mårtenssons hustru Kerstin Matsdotter
pijgan Brita Suan ifrå Löfsta
pijgan Brita Erichsdotter ifrå Löfsta
pijgan Brita Månsdotter ifrå Löfsta
Lars Olufsson grufarbetaren
Lars Nilsson Biörnmåß goßen
drängen Mats Olufsson
Mats Janssons son Jan
[alla dess i klammer till höger:] ifrå grufvan

Oluf Olufsson ifrå Grunmar
Lars Persson skomakare ifrå Bakom eller Rostkars-
torp
hust, Brita Andersdotter ifrå Lågtäppan
Olof Matssons son Mats 14 åhr
Dess dotter Margeta 8 åhr
[dessa två i klammer till höger:] ifrå Söderbyn
Anders Nilssons son Anders på Cappelsbacken
[ovanför:] 7 åhr
g(: tiggare pijgan Annika Nilsdotter död i Hamn-
udden
Sahl. Erich Mårtenssons son Mats 3 veckor
Pehr Jons. dotter Helena ifrå Stentäppan

Oct 30

Jon Månsson i Söderbyn
Son Olof Jonsson ibidem
Pehr Jonsson i Stentäppan
hans dotter Karin ibidem
Olof Erssons dotter Brita i Stentäppan

Hustru Ingeborgh Olufsdotter ibidem

30

Jacob Nilssons enkia hustr Brita
dito dess son
dito dess dotter Kerstin 5 åhr
[dessa tre i klammer till höger:] ifrå grufvan
Sahl Bengt Olofssons dotter Oluf Pähr ifrån gruf-
van
Johan Erichsson begrafven i Stockholm grufarb
Simon Janssons grufvefog: enkia h: Inger Er-
ichsdotter
Lars Olufssons son
dito dess dotter
[bägge i klammer till höger:] ifrå grufvan
Anders Sæsing hustru ifrån Grufvan
dito dess son
Erich Sæsings 28 år
[alla tre i klammer till höger:] ifrå grufvan
Sahl Lars Nils i Räfstawijk son
dito dess dotter
Sahl skomakarens Nils Nils son Oluf
dito son Lars
dottren Karin
Oluf Hindrichssons enkia hust Anna Jans dotter
åhr 46
sonen Lars Olufsson 16 åhr
sonen Hindrich Olufsson 9 år
dottern Karin Olufsdotter 6 åhr
Lars Johanssons hustru Kerstin Matsdotter 40 åhr

Dottern (??) 4 åhr
Johan Vinke 28 åhr
dess dotter Maria 2½ åhr
Sahl. Jan Rasmussons [överstruket: dotter] Enkia
hust Margeta Pä[skuret?: rsdotter?]
ætas 52 dotter Maja 8 åhr
Jöns Olufssons dotter Kerstin 5 åhr
Jan Erssons Enkia hustru Margeta 52 åhr, Maja 8
åhr
goßen Per Bengtsson
Oluf Janssons son
dottern
pijgan Margetha ifrå Långviken

40

Nov 13, ifrå grufvan
Jonas Larsson bergsprängare 66 år
hans hustru Brita Simonsdotter 60
Pehr Erichssons hustru Anna Jansdotter
son Erich Persson
Enk: hustru Brita Jonsdotter Nils Skomakares 50
Lars Nils. Enkia i Räfstawijk h Ingre Nilsdotter
Matz Jans. hust: Brita Rustbergh 40 år
dottern Annika son Matz
Erich Pehrssons hust Anna Månsdotter i
Räfstawijk
Anders Sesings dotter Annika 13 åhr

Nov 13

Jan ((Persson??) ifrå (grufvan??)

Jöns Matsson ifrå Stoorbyn 38

Erich Matssons dotter Kerstin i Söderbyn

Mats Anderssons dotter Ingre ifrå Grundm 12½

Jan Erssons son Pehr ifrå Söderbyn 6 åhr 9 mån

Matz Frijmodigs son Pehr ifrå Båtsmanztorp 22
åhr

Sahl Erich Michelssons enckia hu Anna Erichsdott
ifrå Nederbyn [inskjutet:] dess son 64 år Lars Er-
ichssons moder

Sahl Erich Erichsson 28 år

Carl Larsson i Lågtäppan 30 ½

Oluf Mattssons dotter Ingre 12 år i Söderby

Nov 30

Erich Mattsson i Söderbyn 64 åhr

Mats Andersson i Grunnmar 55 hår

Jan Erichsson i Söderbyn 50 åhr

hans son Erich æetas 9 åhr

Erich Nilsson inhyses vid grufvan 80

Sahl. Erich Anderssons son Erich 7 åhr

(??) Michel Erichsson ifrå Söderby

goßen Olof Mickelsson ibidem

28

Nov 30

Skräddaren Erich Erichsson 20 åhr

Oluf Andersson grufarb: 25 åhr

hans hust Maria Matzdotter 27 åhr
h. Karin Danielsott: Bengt Oluf h: 32
Mats Jansson grufarb: Jan Raßmussons son 20
Hans Jonas Larssons bergs: son 24 åhr
[alla i klammer till höger:] ifrå grufvan

(6?)   45   9 liggia nedgräfna i (Kåhlmyren?)

Dec 11
Sahl. Mats Anderssons enkia h: Brita Jöransdotter
ifrå lilla Grunmar ætas 54 åhr
Erich Larsson på ?? ?? på Gruf ?? 44 år
Oluf Larsson ifrå Grufvan ætas 45
hans hustru Sara Hansdotter ætas 44
Bengt Olufsson grufarbetare
dess son
Erich Erichssons dotter Karin ½ åhre ifrå Erich
Matz i Söderbyn
[alla i klammer till höger:] ifrå grufvan

Erich Perssons i Räfstawijk: son
dito dess dotter Margetha 5 åhr 4 månad:
Lars Åkhermans hust Anna (??) dotter
David Ekebohms enkia hust Brita Erichsdotter
dess son Erich 9 åhr
dess son Carl 6 åhr
dess dotter Annika 11 åhr
dito
Pehr Michelsson 24 des dottren Annika Pährs 5
weckor
Anders Nils son Nils Andersson på Cappelsbacken

dito dess son Lars Andersson 25 ibidem
Mats Nilssons hustru

161

Uthom förenämnda woro ännu en 15 à16 st
som doge i pesten och begravne ??
om grufvan i en sandbacke åfwan för (bakom??)
Sasings täppa efter Kongl: förordningen 1710

76

*Källa: Utö (AB) CI:1 (1657-1726) Bild 160 / Fol
156v och framåt
siffrorna på slutet av sidor avser antagligen totalt
antal*